後宮の検屍女官4

JN103993

角川文庫
23423

目次

序 7
第一章 巫蠱の禍 11
第二章 毒と仙薬 79
第三章 動かしがたいもの 167
終 230

主な登場人物

姫《き》桃花《とうか》

寝てばかりで出世欲や野心がないが、
検屍となると覚醒する。
桃李《とうり》という検屍官に変装して
延明に協力している。
現在は織室の女官

孫《そん》延明《えんめい》

妖艶な微笑みで女官たちを魅了する
美貌の宦官。皇后派に属する。
後宮の要職である掖廷令《えきていれい》

イラスト／夏目レモン

点青《てんせい》
青い目の中宮宦官。皇后のお気に入りで延明の元同僚

華允《かいん》
延明の筆記係り兼雑用係りになった野犬の仔のような少年宦官

公孫《こうそん》
延明の副官である中年の宦官

才里《さいり》
桃花の同僚の女官で友人。噂や色恋話が大好き

紅子《こうし》
桃花と才里の同僚の姐さん女官

梅婕妤《ばいしょうよ》
後宮二区に住む最高位の妃嬪《ひひん》で皇帝の寵妃。後宮の権力者

張傛華《ちょうようか》
梅婕妤と親しい八区の高級妃嬪

八兆《はっちょう》
老検屍官。桃李に興味を持っている

冰暉《ひょうき》
延明と桃花の連絡係りの青年

夏陀《かだ》
帝の筆頭侍医である太医令を務める宦官

扁若《へんじゃく》
太医署の気位の高い少年宦官。夏陀の助手

序

「おい！　だれか、だれかいないのか！」

叫び声が薄暗がりのなか、断続的に響いていた。

「俺たちははめられたんだ、なにもやってない！　わかるだろうが畜生っ！」

身を振り絞るように吐き出された叫びは、青い目の中宮宦官《ちゅうぐうかんがん》、点青《てんせい》のもの。だがその姿を見ることはできなかった。

延明《えんめい》の視界に広がるのは、薄暗く、狭い房《へや》だ。長身の延明では、四肢を伸ばして横たわるのにも窮屈なほどで、その狭い空間を囲んでいるのは、強固な版築《はんちく》の壁、そして鉄格子だった。

「きちんと調べてくれ！　これは中宮娘娘《ニャンニャン》を陥れるための陰謀だ！　それがなぜわからない!?」

悲痛な声とともに、耳障りな衝撃音が響く。となりの牢《ろう》に入れられた点青が鉄格子を手枷《てかせ》で打っているのだろう。延明の両手もそれによって拘束されていた。重く四角い、囚徒の証《あか》し。

なにをどう叫んだところで無駄だ、と教えてやろうかと思ったが、口を開けども言葉はなにも出てこなかった。ただ、手枷の重さにも似た暗澹《あんたん》たる吐息が吐き出されるだけだ。

吐いたぶんの空気を吸い込むと、房――牢獄のなかの異臭が体内に深く潜り込む。硬い地面に敷かれた藁《わら》はいったいいつ取り替えたものなのか、すっかり湿って黒く変色し、すえたような臭いを放っている。獄中での排泄《はいせつ》に使う桶《おけ》もまた汚く、つんとした悪臭をあたりに漂わせていた。

叫ぶ気力も、立ちあがる気力もなく、ただ力なく片膝《かたひざ》を立てて座していると、麻の単《ひとえ》にじわりといやな湿り気がにじんでくる。それは静かに、けれども確実ににじりよる、死への不安や絶望そのもののようにも思えた。

――なぜ、こんなことに……。

延明は、春に後宮を震撼《しんかん》させた幽鬼事件を解決し、その評価でもって後宮を監理する要職・掖廷令《えきていれい》に任命された。帝《みかど》じきじきの詔用だ。それからは身を粉にして働いてきたが、その結果が牢獄である。皇后のお気に入り宦官である点青も同様、壁ひとつを隔て投獄されている。

罪状は、巫蠱《ふこ》だという。

帝の寵妃《ちょうひ》である梅婕妤《ばいしょうよ》を巫蠱――蠱《まじな》いにて、絶命させた罪である。

主犯は皇后許《きょ》氏、延明と点青はこれに共謀したとされている。

——ばかな。

くだらぬ妄言だ。

だがその妄言にて皇后一派を排除するため、水面下にて、何者かによる準備は着実に進んでいたのだ。おそらくは夏のあいだ中、ずっと。

その仕掛けられた大綱が姿を現わしたのは、立秋をむかえたその日のことだった。

第一章　巫蠱の禍

「後宮に蠱気《こき》、と？」

延明《えんめい》にそう尋ね返したのは、副官の公孫《こうそん》だった。延明が座する長官席の前で、眉間《みけん》にしわをよせ、困惑をにじませている。

ええ、とうなずいて、延明は一枚の布帛《ふはく》を小間使いの童子に託した。

「燃やしてしまいなさい」

禁門の外より密《ひそ》かにもたらされた、太子からの文《ふみ》、しかも急報だった。

内容は、今朝の朝議にて『後宮に蠱気の疑いあり』との上奏があったというものだ。

蠱気とは読んで字のごとく『蠱《まじな》いの気』をいう。宮廷で蠱い、巫人《みこ》に祈らせて他者を呪う『巫蠱《ふこ》』をおこなうことは固く禁じられていた。

「では掖廷令《えきていれい》、太卜令《たいぼくれい》が午前より人員を引き連れて後宮内を検《あらた》めているのは」

「後宮に巫蠱の痕跡《こんせき》がないか調べるよう、大家《ターチャ》より下命があったそうです」

上奏をしたのはその太卜令だ。めでたき現象、天災、そして時節の占《せん》と記録をつかさどる官職で、立秋を迎えるにあたり天候について占をおこなったところ、秋もまた天候不順に見舞われると出たのだという。これは陰陽でいうところの『陰』が強くなり、『陽』が弱まっているためである、と。秋はそもそも『陽』よりも『陰』が徐々に優位になる季節ではあるが、その度合いが尋常ではないという。

まずこの結果をうけて帝は激怒した、と太子からの文にはあった。『陽』は天に輝く日――すなわち天子である帝をも意味するからだ。『陽』が尋常でないほど弱まっている、などと言われては、体調不良を隠している帝は穏やかではいられなかったろう。

だが占にはつづきがあった。この陰陽の乱れは『陽』に問題があるのではなく、対となる『陰』に禍々《まがまが》しき蠱気があるためである――つまり、天子ではなく后妃に因果のあるものだ、と訴えたのだという。『陰』がはらんだ蠱気が『陽』を蝕《むしば》んでいる、と。

これをうけ、帝はただちに蠱気を除くべしと下命し、皇后の住まう中宮《ちゅうぐう》、そして妃《ひ》妾《しょう》らの住まう後宮がすみずみまで検められることになった、というわけだ。

公孫はまだ表情に困惑をのこし、あごをさすった。

「しかしそういうことでしたら、われら掖廷に調査をお任せくだされればよろしかったのでは？」

「そこですね、問題は」

中宮はともかくとして、後宮は掖廷の管轄である。だが今回、太卜令は掖廷に協力を求めず、直接調査にあたる許可をわざわざ帝に頂戴《ちょうだい》しているのだ。

太卜令は勢力争いからは一歩距離を置く官であったが、どこか妙である。なにか仕掛けてくる可能性が高いため警戒せよ、と、太子は文をそう締めくくっていた。

「だれかを様子見にゆかせますか？　華允《かいん》などはちょうど洗沐《やすみ》だといいますし、適任かと」

「いえ、結構」と、公孫の提案を一蹴《いっしゅう》する。

「掖廷はそこまで人員不足ではありません。それに見張りならすでにべつの者を行かせています」

華允は延明が拾った少年宦官《かんがん》だ。雑用もできる筆記係りとして雇いめんどうを見ているが、彼は延明が無休で働いていることを理由として、ずっと洗沐をとるのを渋っていた。それを「おまえがとれば自分もとる」と言いくるめ、ようやく休ませることに成功したのだ。出勤などさせては水の泡だ。

公孫に通常業務に戻るよう命じ、延明も筆を執る。

それからほどなくして、下吏が来客の知らせを運んできた。通すように命じると、やってきたのはふたりの宦官だった。ひとりは延明とおなじ歳ほどの、非常に線の細い宦官だ。目も細く、言うなれば糸のようだが、とてもおっとりとした雰囲気をまとっている。

印綬《いんじゅ》は帯びていないが延明と同格の秩石《ちっせき》六百石の宦官で、帝の筆頭侍医《じい》である太医《たいい》令《れい》を拝命する人物だ。名を、夏陀《かだ》といった。

一歩下がって従っているのは、十代後半ほどの若い宦官だ。

延明は立ちあがって、彼らを迎えた。

「久しぶりですね、夏陀」

「やあ、孫《そん》延明。たしかに久しぶりだ。まえに会ったときは太子のお付きだったね。そのあとは中宮尚書《ちゅうぐうしょうしょ》になって、いまや掖廷令か。あっという間の昇進だ」

「あのときはあなたもまだ薬の管理人でした。しかし文こそ送りましたが、まさか太医令にもなったあなたが、こうしてじきじきにきてくれるとは思いませんでした。てっきり代理をよこすか、断るものかと」

「めんどうだからといって断ると、『太医令は忙しいようだ、大家《ターチャ》になにかあったのか？』なんておかしな勘繰りをされてしまうからね。正直言うとほんとうにめんどうなんだけれど、立場上、気をつかうんだよ」

延明は「なるほど」と微笑んだが、帝《みかど》の体調不良がいまもつづいていることは把握している。誤解を生むというよりはむしろ逆で、帝は健康であるという印象を周囲に与えるために出歩いているのだろう。

「そちらの連れは、助手ですか？」

「そう。ほら扁若《へんじゃく》、前に出なさい。こちらが掖廷令の孫延明だ」

夏陀にうながされ、少年宦官は「扁若です」と名乗り、礼をとる。人好きのする笑みを浮かべる夏陀とは対照的に、つんと取り澄まし、いかにも気位が高そうな少年だった。

「僕が育てている弟子でね、もし僕がぽっくり逝ってしまったら、なにかと気にかけてくれると嬉《うれ》しい」

「ぽっくりなど、自分の寿命を延ばすために医学の道を極めたあなたが、なにをおっしゃる」

夏陀は幼少より病弱で、生への強い渇望から医学の門を叩《たた》いたとは有名な話だ。ちなみに夏陀は、腐刑《ふけい》を受けていない。受けるまでもない体であったらしいが、延明《えんめい》も詳細までは知らない。ただ本来、太医令は男である場合が多く、日常は禁中深くまで侍《はべ》ることができないが、それが可能である夏陀は重宝されているときく。

「ざんねんだけど、すっかり健康ってわけじゃない。まああと五年くらいは生きられる自信はあるけれどね」

「では、その限られた五年のなかから貴重なる時間を割いてお越しくださり、御礼申しあげる」

揖《ゆう》を捧《ささ》げて、席へとうながす。

「文によると、きみは病での死にざまについてくわしく知りたいんだとか？」

「ええ。検屍《けんし》の参考にできるよう、なるだけくわしく、かつ、さまざまな病について知りたいのです」

延明はいま、検屍方法や参考事例についてまとめた『検屍教本』をつくるべく、検屍女官の桃花《とうか》の協力を得つつ、記録をしているところだ。ただ病については桃花より医官のほうがくわしかろうということで、彼女自身の勧めもあって、夏陀に協力要請をしたところである。

夏陀は感心したように糸目を見開く。

「最近きみが検屍術に傾倒しているって話はほんとうだったんだね」

「無冤術《むえんじゅつ》、というのです」

「なるほど、きみに響きそうだ。――いいよ、侍医の仕事に関してはなにもしゃべる気はないけれど、そういう用件ならすこしは協力しよう」

夏陀は笑んで、席につく。助手の扁若はやや渋い顔を見せた。

「夏陀さま、病で死んだか否かというのは、われわれ医官が判断するところです。掖《えき》廷《てい》や死体係りが付け焼き刃の知識で判断することではないのではありませんか？」

なんとも生意気なことをいう。延明は眉《まゆ》を上げるかわりに、『妖狐《ようこ》の微笑み』を浮かべて一歩を詰めた。

「扁若、といいましたか。なかなか一丁前な口を利きますね。しかし記憶力には問題があるようだ。その医官が李美人《りびじん》を病死だと見誤ったことからはじまった事件を、すっかり忘れている」

微笑みの圧に押されるように、扁若は一歩を下がる。だが、表情だけはなおも反抗的だ。生意気そうな小僧といえば華允《かいん》もそうだが、あちらのほうがよほど可愛げがある。

「こらこら延明、そのくらいにしてくれるかな。若者に棘《とげ》があるのはいいことじゃないか。僕らなど、すっかり粉砕されて丸くなってしまっているけれど」

夏陀がかばうと、扁若は一層悔しげに目もとを歪《ゆが》め、「忘れてなどいません」とつぶやいた。「忘れるわけがない。その医官は二日にわたる杖刑《じょうけい》の末に死んだ。看取《みと》ったのは、僕だ」

歯列から絞り出すような声だった。おそらく親しい相手だったのだろう。

扁若はなおもなにか言いたげな顔で見ているが、延明は相手をやめた。安っぽい同情をするつもりはない。残念だが、医官とはそういうものなのだ。貴人の病を治せなければ罪であり、失態があればそれは死である。太医《たいい》令《れい》などは秩石《ちっせき》こそ六百石を頂いているが、医者という職業はもともと社会的な身分が低い。いわゆる賤職なので、帝の信頼こそ厚いものの、命のあつかいも知れている。

夏陀も苦く笑った。

慌ただしい足音と声が響いたのは、まさにそのときだった。

「急報、急報！　掖廷令、失礼いたします！」

駆け込んできたのは、巫覡《ふげき》らの様子を探りに行かせていた者だった。切迫した様子に身構える。

「どうしました」

「ふ、巫蠱《ふこ》です！　後宮三区の地中より、巫蠱の形跡が発見されました！　それが、中宮《ちゆうぐう》娘娘《ニャンニャン》が梅婕妤《ばいしようよ》を呪ったものであると！」

「……なるほど。太卜令《たいぼくれい》も浅はかなことをする」

捏造《ねつぞう》だ。延明は鼻で笑った。「しかし」と、急報を運んできた官は顔色を失って叫んだ。

「花押《かおう》があったのです！　巫蠱に使われた大量の呪具には、すべて娘娘直筆のおしるしが！」

「なんですって？」

皇后の花押。それは金朱の墨で入れられた皇后独自のしるしだ。真似をすることは不可能ではないが、非常に困難である。

「延明、どうやら問題が起きたようだから、これで失礼するよ」

巻き込まれるのは御免だとばかりに、夏陀《かだ》が急ぎ出ていこうとする。当然だ。帝の侍医《じい》は、勢力争いに関わってはいけない。侍医が皇后派や梅婕妤派といった勢力に属していては、なにかあったときに帝を危険に晒《さら》す。ゆえに無縁のものが任命され、厳しく管理されているのだ。

だがそれを承知しながら、延明《えんめい》は彼の手を摑《つか》んだ。

「まってください夏陀。あなたには仕事があります」

非常にいやそうな顔で、夏陀がふり返る。

「こんな状況で、どこに？」

「昭陽殿《しょうようでん》ですよ」

なぜ、と訊《き》いたのは助手の扁若の方だ。

「きいていませんでしたか？　巫蠱です。梅婕妤が呪われている、と。急ぎお助けしに行かねば。――それともまさか、あなたたちは医者でありながら寵妃《ちょうひ》を見殺しに？」

呪いもまた病であり、この大光《だいこう》帝国にはさまざまな呪いに対応した養生法や薬が存在する。

夏陀は盛大なため息をついた。

「もしかして、僕を利用するつもりで呼びつけたのかな？」

「いいえ。ほんとうにたまたまです。それに掖廷にお招きする文を送りましたが、日付も時刻も指定していなかったでしょう。それが証左です」

「でもいまは企《たくら》んでいるね？　僕に梅婕妤を診させて、仮病か否かを診断させようとしている」

「まさか。寵妃の一大事を案じているだけですよ」

「嘘だねえ」

たしかにそこは嘘だ。

だが、蠱気《こき》ありとの上奏を経て、皇后の花押がある呪具が発見されたとなれば、敵がとるつぎの一手は明白なのだ。

すなわち、梅婕妤が体調を崩すこと、である。

自作自演で体調不良を演じ、巫蠱の事実をでっち上げ、皇后を糾弾、廃位へと追いこむつもりだろう。これまでに梅婕妤が病に倒れたという話は聞かないから、まさにこれからはじめるはずだ。

くだらぬ策だとは思うが、帝《みかど》が皇后に執着していない以上、こちらは非常に不利だった。どころか、逆に梅婕妤には深い寵愛があり、また梅氏一族は帝の朝廷運営に必要とされている。

これに対して活路となるのは太医令の診察しか、いまは思いつかない。

太医の中立性は帝がもっともよく知るところである。その長である太医令が梅婕妤の体調に異常は見受けられなかったと証言してくれれば、皇后の花押が偽造だと証明できなくとも、巫蠱などでっち上げであるというこちらの主張において力になる。

――向こうも、いずれ大家《ターチャ》が婕妤の身を案じて太医《たいい》を派遣することくらいは予期しているだろう。対策も講じているにちがいない。だが、それはいまではないはずだ。

正直、非常に厳しい状況だが、この場に夏陀がいたのは不幸中の幸いだったかもしれない。さすがにこの段階で太医令が診にくるなど、想定していないだろう。

「……わかったよ」

断固とした気迫が通じたのか、夏陀が折れた。

「扁若、いそいで署にもどって薬と調薬具を取ってきてくれ」

「はい。薬はどのような」

「巫蠱を除くための犀角《さいかく》、鬼臼《ききゅう》、女青《じょせい》がいい。それと甘草《かんぞう》もね」

夏陀が助手に指示を出す。大きな焦りを抱えながら、延明は夏陀を半ば引きずるようにして連れ出した。


たどり着いた昭陽殿は、騒然としていた。

めずらしく統率がとれていないのか、女官たちが右往左往して、顔をあわせてはなにか不安げに言葉を交わしている。

「女官長だった曹絲葉《そうしよう》が死んでから、ずっとこのような状態のようだよ」

さすが帝に侍《はべ》る侍医は事情通のようだ。好都合、と延明は門をぬけ、院子《にわ》をつき進む。正房《おもや》の前までできたところで取りつぎを願った。さすがにこれよりさきは勝手に上がりこむわけにはいかない。

「孫掖廷令《そんえきていれい》！」

待つあいだに声をかけてきたのは、見るからに気の強そうな女官だった。敵愾心《てきがいしん》をむき出しにして、まなじりをつり上げている。

「わたくしたちはもう存じておりますよ、皇后さまが梅婕妤《ばいしょうよ》さまに巫蠱《ふこ》を仕掛けていたことを！」

さらになにか仕掛けにきたのかと臨戦態勢だ。

延明は相手を落ちつかせるよう、ゆっくりとやわらかな口調で応対する。

「私も耳にしておどろいているところです。しかしこれは娘娘《ニャンニャン》に罪をなすりつけようとする何者かによる策謀かと。念のため、太医令に婕妤を診察していただき、万が一の大事なきよう備えるために参りました」

「うそおっしゃらないで！　護符などといって配り歩いていたものも、どうせ蠱《まじな》いの品だったのでしょう。絲葉さまが亡くなったのもきっとあの護符が……」

曹絲葉は夏、墜落事故によって最期を迎えた。そのきっかけとなったのは、たしかに『皇后の護符』ではあるのだが。

「あれは事故ではありませんか。どうか冷静に」

諭すと、女官は顔を紅潮させ、目にぶわりと涙を浮かべた。

「うそよ！　なんてこと……。あなたたちが卑劣なうそをついたせいで、わたくし、護符を棺《ひつぎ》に入れてしまったのですよ！　婕妤さまは処分せよとおっしゃったけれど、わたくしは、わたくしは、絲葉《しよう》さまがぶじに冥府《めいふ》へ旅立てるようにと……ああ、なんということ……！」

もう出棺してしまった、京師《みやこ》にある実家に棺は帰され、出向いてなんとかすることもできやしない。女官はそう訴えながらさめざめと泣いた。

参ったなと思ったところで、ようやく女官長のお出ましとなった。五十がらみ、亡くなった曹《そう》絲葉に代わり、あらたに女官長となった古株女官だった。女官長のひとにらみにて、泣きわめいていた女官は逃げるように去ってゆく。

「これは掖廷令、事前の知らせもなく、此度《こたび》はいったいどのようなご用向きにて？」

「ご存じかとは思いますが、さきほど梅婕妤へ向けた巫蠱が発見されたとのこと。大家の寵妃になにかあっては一大事と、急ぎ太医令をお連れしました。婕妤はどちらに？」

「太医令ですか。婕妤さまは……」

女官長はどう対応すべきか迷っている様子だった。しかしこちらにはこれ以上もたついている余裕はない。

「夏陀《かだ》、行きますよ。失礼！」

「なりません！」

強引に上がりこもうとすると、女官長が立ちはだかる。しかしわきまえていてはこちらが全滅する。

「なぜ？　なにか太医に診せたくない理由でも？　まさか女官長、あなたは婕妤の死を望んでいるのでは？」

「ち、ちがいます、なんということを！」

女官長は顔をまっ赤にして憤慨した。

「婕妤さまが、おひとりになりたいとおっしゃっているのです。ついさきほど巫蠱が発見されたという報《しら》せを受けて、ひどくお心を乱されたご様子で」

案ずる表情でそれをきいた延明《えんめい》だが、内心は「やはり」と思う。そうして人払いをしてからはじめるつもりなのだろう。巫蠱によって病を得たという独り芝居を。

「僕は危険だと思うけれどね」

黙ってなりゆきを見守っていた夏陀が、口を挟んだ。

「ひとりにしていては、万が一なにかあったとして、それをいったいだれがお助けするんだい？」

女官長はそれでも渋った。しばらく逡巡《しゅんじゅん》したのちに、ようやく「わかりました」と不承不承に案内をはじめる。

「こちらです。お会いになるかはわかりませんが……」

女官長の案内のあとを、足早に追う。歩きながら、夏陀は「協力をしたわけじゃない」と言った。

「ええ、わかっています」

「ほんとうに巫蠱が仕掛けられたのならば早く治療をはじめなくてはならないし、仮病なら仮病でさっさと済ませて帰りたい。後宮の動乱は僕の職分じゃないんだから」

——後宮動乱、か。

前にもどこかできいた言葉だと思った。太子の口から出たのだったか。たしか、帝も後宮の動乱は望んでいない、といった内容であったように記憶している。あの言葉の通りであることを、いまは祈るよりほかにない。

いっそ駆け出してしまいたいのをこらえ、延明は歩いた。吹き渡る秋風に、いずこからか奏楽の音がまじっているのがきこえる。

じりじりとしながら昭陽殿《しょうようでん》を裏手にぬけ、朱塗りの廻廊《かいろう》を歩く。奏楽の音は徐々に近づき、廻廊の行き着くさきにて最大になった。たどりついたのは、小さな魚池を望むための建物だった。かつて墜落死を調べにきた蓮池《はすいけ》から、小川を経て分岐された池である。廻廊から見えるかぎりでは、どうやら冬のかいぼりのために水をぬいてあるようであった。しかし風の吹きぬけるよい立地だ。「残暑のこの季節、風を楽しむにはよい場所だねえ」などと夏陀はのんきに感想を述べた。

幾重にも綾《あや》の帳《とばり》が垂らされてあるなか、女官長の案内に従って足を踏みいれる。

まず目に飛び込んだ貴人の姿に、一瞬梅婕妤《ばいしょうよ》かと見紛《みまが》った。しかし梅婕妤よりも背が高く、まとう深衣《しんい》と帯の組み合わせもやや色調をおさえた風雅さを基調としている。梅婕妤と親しい張傛華《ちょうようか》だ。膳《ぜん》の用意された客座にて、屏面《うちわ》を手に、雅《みやび》やかな風情でこちらを見ていた。

「これは掖廷令《えきていれい》。太医令《たいいれい》との組み合わせとはめずらしきこと」

「太医令夏陀が、梅婕妤をどうしても診察したいとのことでお連れしました」

張傛華の問いに微笑んで答える。夏陀がうしろでぶつぶつと文句を言っているが気にしない。それより、張傛華のとなりに座している人物のほうがよほど気になった。

小柄で、若い娘だ。まるでこちらに顔を見せまいとするようにうつむいている。衣装からして格は高くないな、と思ったところで、はっとした。

「田寧寧《でんねいねい》？」

呼びかけると、細い肩がびくりとゆれる。おずおずとこちらに向けられた顔は紛れもなく田寧寧だ。彼女は皇后の侍女だったが夏に僥倖《ぎょうこう》を得て、先だって正式に懐妊が認められたばかりだった。

「あなたは、なぜここに？　体調が不安定な時期です。中宮《ちゅうぐう》から正式に独立するまでは、みだりに出歩かないよう言われていませんでしたか？」

なによりここは敵陣である。供されている膳にもなにが盛られているかわからないのだ。

咎《とが》めると、田寧寧はその気弱げな顔を再びうつむける。屛面の陰でくすりと笑ったのは、張傛華だった。

「そう目くじらをたてずともよいでしょう。懐妊を祝っていたのですもの、ねえ？」

それを額面通りに受けとる者はいまい。厳密に言えば堂の隅には配膳《はいぜん》女官や楽を奏でる宦官《かんがん》が控えているが、彼らは空気とひとしい。実質的に敵勢力とふたりきりという状況ではないか。

「娘娘《ニャンニャン》には私のほうから連絡をしておきます。田寧寧、あなたはもうもどるほうがよい」

「しかし……お暇《いとま》するのでしたら、婕妤さまにごあいさつを申しあげなければ」

たしかに礼儀上、客があいさつもなく勝手に帰るわけにはいかない。

「梅婕妤はどちらに？」

女官長に問うと、彼女は涼やかにゆれる帳をあけた。池を望むひろい露台があらわになる。

あちらに、と彼女が指したのは、対岸の小さな離れだった。向こうへ渡るには、露台から延びた細い廻廊を通ってぐるりと池を遠巻きにて迂回《うかい》しなければならないらしい。池は水ぬきをしてあるが、溜《た》まった生乾きの泥でひどくぬかるんでいる。

「ご会席の最中に巫蠱《ふこ》の報《しら》せがあり、ご気分がすぐれないからおひとりになりたいと」

「では、私が代わって梅婕妤にあいさつを述べておきます。あなたはさきに――」

「あれはなんだい？」

夏陀《かだ》が怪訝《けげん》な声を上げた。糸目を見開き、露台に出る。

彼が指をさしたのは、露台と離れとのちょうど中間あたり。泥のなか、根本まですっかり露出した大岩だった。

岩は天を刺すようにとがり、そのとがった部分に縄が掛けられ、向こう岸の離れやこの建物、廻廊の柱など、四方に向かって延びている。どうやら夏のあいだ、灯ろうを吊《つ》り下げて飾っていた縄のようだった。

しかしそれがどうかしたのか。縄も岩も見たままである。怪訝に思いながら延明《えんめい》も露台に出て目を凝らし、息を呑《の》んだ。

衣だ――岩の陰から華やかな衣の端が見えている。

延明の角度からは、わずかながら白い指も見えた。ぴくりとも動かない。

「人が倒れている！」

認識するなり、迷わずぬかるみに飛び降りた。

生乾きの泥は思いのほか深く、足首までが埋まってしまう。夏陀はやや慎重に降りてきたが、それでも泥にぬかるむのは避けられなかった。

延明は足にまといつく泥に四苦八苦しながらようやく岩までたどり着き、瞠目《どうもく》した。

泥にまみれ、岩にわずかにすがるようにして倒れていたのは、まぎれもなくこの国の寵妃《ちょうひ》、梅婕妤であったのだ。

「婕妤、梅婕妤、どうかなさいましたか？　梅婕妤！」

さきにたどり着いた延明が、肩を叩《たた》いて声をかける。おのれのその切羽詰まった声に驚いた。おかしい、おかしいと脳内ではだれかが叫んでいる。梅婕妤は仮病を演じているはずではなかったのか。それがなぜ――否、これが予期していた仮病なのでは？　しかしどうして、これほど血の気のない顔をしているのか。

声掛けにはまるで反応がない。力なく垂れる手首をひろって脈を取り、ぎょっとした。今度は首すじの脈を診る――反応がない。

「ばかな……」

すがる思いで呼吸を確認するが、いっそう血の気が引くだけだった。あわてて仰向けにして、胸に耳を当てる。無礼な、と平手で打たれるどころか、梅婕妤は泥のようにくったりと力なく四肢を投げ出したままだ。心音がきこえないのは気のせいだろうか。わからない。うるさく響くのは、激しく動悸《どうき》するおのれの心音ばかりだ。

ようやく夏陀がたどり着き、息を切らしながら脈を確認する。

真っ青な顔で夏陀は黙し、それから静かに首を横にふった。

「ばかな……梅婕妤《ばいしょうよ》が、死んでいる」

延明のつぶやきに、悲鳴があがった。ふり返れば、露台には控えていた配膳女官らが集い、こちらを注視していた。悲鳴が悲鳴を呼び、次第に収拾がつかなくなる。一部の女官はこちらに駆けつけようと欄干《てすり》に手をかけていた。

やめなさい、と咄嗟《とっさ》に延明は声を張り上げた。

「この場は掖廷《えきてい》が預かります！　何人たりとも足を踏み入れ、荒らすことはゆるしません！」

それでもなお降りようとする女官数人を止めるために、延明は泥で重くなった足で走った。

「夏陀、現場の保存を頼みます！」

女官を押し止《とど》め、欄干を這《は》い上がりながら、夏陀、そして力なく横たわる梅婕妤をふり返る。

まるで冗談のような光景だった。

中空には、大の字のように縄が渡され、地上のぬかるみには、逆向きになった巨大な鳥の足あとを描くように、延明たちの足あとがのこされている。

それらの中心にあるのが梅婕妤の死体だなど、いったいだれが信じるだろうか。

＊＊＊

がん、がん、と鉄格子を打つ不快な音がいつまでも響いていた。これに対してだれもなにも文句を言わないのだから、この獄舎に留置されているのは延明と点青《てんせい》のふたりだけなのだろう。知りたくなかった情報だ。ふたりしかいないということは、獄吏のやりたい放題である。

「点青、もうよしなさい。こんなところで根気強さを発揮してどうするのです」

「だって、だってだろ……！　こんな……くそ、おまえは悔しくないのか？」

「そのようなこと、冤罪《えんざい》での投獄が二度目となる私に、わざわざ尋ねないとわかりませんか？」

思わず冷淡な声が出た。すぐに「すまない」と返ってきて、息をつく。

「べつに怒ってはいません。……あなたに怒ったところで、なにか状況が変わるわけでもありませんしね」

「怒る怒らないはともかく、状況は変わってくれないと困る。このままではみんな死ぬだけだ。俺もおまえも、娘娘《ニャンニャン》も。なにせ俺たちは、大家《ターチャ》の寵妃を呪い殺したってことになってるんだ。ばかばかしいことにな！」

「ばかばかしい。たしかにそうです」

梅婕妤は死んだ。それはまぎれもない事実だ。

しかし、皇后が呪殺などおこなうはずがない。梅婕妤が不審な死に方をすれば、まっさきに疑われるのは皇后派《こちら》なのだ。身を滅ぼすと承知している。

「しかし点青、この策はなかなか用意周到に進められていたようですよ。覚えていますか？　三区の宝探しの話を」

「ああ、高莉莉《こうりり》の隠し財産が埋められてるってやつな」

「ええ。あれはきっと、うわさにのっかった第三者に巫蠱《ふこ》の痕跡《こんせき》を発見させるためのものだったのでしょう。ところがうまく行かず、三区は封鎖されてしまった」

「封鎖したのはおまえだがな。それで上奏に出たってわけか。上奏した太卜令《たいぼくれい》は中立派だったが、黒幕に取り込まれたか」

「そういうことでしょう。三区封鎖から上奏まで時がかかったのは、その買収に時間を要したからだと想像します」

「で、結局のところ死因はどうなんだ？　巫蠱か？　それとも毒か？　検屍《けんし》の途中で捕まったんだろ？　どこまでできた？」

「……死因は特定できていません。外傷の有無を確認するところまでしかおこなえませんでしたから」

矢継ぎ早に質問をくり出す点青に、苦い顔で延明《えんめい》は答えた。

あのあとすぐに田寧寧《でんねいねい》が気を失って倒れたので、まだ混乱で取り乱す女官長に別室での介抱を命じた。騒ぐ配膳《はいぜん》女官らを締めだし、張傛華《ちょうようか》には露台に面したあの部屋には何人たりとも侵入がないよう守護を頼んだ。

もちろん、張傛華は敵陣営の人物であるため、任せることに不安がないわけではなかったが、死体のそばには夏陀《かだ》がいた。夏陀は後宮勢力に与《くみ》しないので信用できる。

張傛華も帝《みかど》に近しい夏陀を前にして不審なことはしまいと判断して、急ぎ掖廷官を呼びに走った。本来であればだれかを使いに走らせるところだが、昭陽殿《しょうようでん》では信用に足る人物がいない。おのれの足で掖廷まで駆けるよりほかになかった。お蔭《かげ》で、と言ってはなんだが、迅速に検屍に取りかかることには成功したのだった。

「死体は頭髪のなか、産門、肛門《こうもん》にいたるまで異常ありませんでした。左の肘《ひじ》に擦過《さっか》をともなう打撲と、右手中指の第三関節あたりに些細《ささい》な傷があった以外は、外傷はまったく。検屍官によると、肘や手の傷は岩に倒れた際についたものではないかとの見立てでした」

ただ、口の周りには嘔吐《おうと》の痕跡があった。嘔吐は毒物を口にした際の典型的な症状である。

中毒死の可能性があったため、その検出の準備をはじめたときだった。あわただしい足音が押し寄せてきたのは。――獄吏を引き連れた、太卜令だった。

点青はさきほど、悔しくないのかと延明に訊《き》いた。無論、悔しいに決まっている。二度目の冤罪など耐え難い。だがもっとも悔しいと感じるのは、検屍を最後まで遂行できなかったことだ。延明はその場にて、身柄を拘束されてしまったのだ。検屍官らも延明とのつながりがあるとのことで、ひと悶着《もんちゃく》の末に聴取へと連れ出されてしまった。

毒物の検出は中断されてしまったのだ。

「……死因が特定できなければ、冤罪などつくり放題です」

吐き捨てるように言うと、「なあ」と点青が声を一段低くした。

「それでこの冤罪、仕組んだのはだれだと考える？　まさかの太卜令が黒幕ってことはないだろ？」

「とは思いますが、除外するには早いでしょう」

「おいおい、悠長なこと言うな。もたもたしてたら拷問中の手違いで殺される。とくにおまえは間違いなく始末されるぞ。凄腕《すごうで》の検屍官を抱えていると評判だ。向こうからすれば邪魔で仕方がないだろう。急いで黒幕を特定し、なんとか太子に伝えるんだ」

それしか助かる道はない、と点青《てんせい》は主張する。

だがそれはどうだろう、と、延明は昏《くら》い思いで、牢《ろう》を自由にうろつく鼠を見やった。

太子は動くだろうか。いや、動けるのだろうか？　延明は、太子による救出には懐疑的だ。敵が皇后の廃位を狙っているのなら、よもや太子を封じる手を打っていないなどということはあるまい。

獄中からは外の動きを知る由もないが、期待はかなり薄いだろう。

この件は皇后が主犯であるとされていることから、帝が直接吟味する『詔獄』となっている。ただ、帝は現在祭祀《さいし》に関わる潔斎中のため、直接の吟味はそれが明けてからとなるだろう。潔斎明けは二日後なので、吟味は早くてその翌日が妥当な線だ。

それまでにおそらく、延明は始末される。

「しかし黒幕の目的はなんだ？　中宮《ちゆうぐう》娘娘と梅婕妤《ばいしようよ》という二大勢力を取り除き、皇后の座を得ることと見るべきか？　それはそれで妙だよな」

「後宮にはもう、男子を産んだ側室は存在しませんからね」

今上の皇子は、わずか三人。一の君が延明の主《あるじ》である太子、二の君はすでに国を与えられ、王として封じられている。最後の三の君が、梅婕妤が産んだ蒼《そう》皇子だ。

許《きよ》皇后が廃位されたとしても、後宮には確実に皇后の座につけると目されるような女がいない。

「あらたな皇后の座にもっとも近いのはだれだ……？」

「公主を産んだ側室は多く存在しますが、いまも熱烈な寵愛《ちょうあい》を得ている者はまずいません。寵愛がなくとも実家の力で皇后に推挙されるような人物もまた、存在しないでしょう」

位で言えば、張傛華は梅婕妤に次ぐ階級だ。だが、子がいない。張家は家格こそ高いが、子を産んでいない娘を国母に据えることができるほどの力は有していない。

帝の寵愛だけで言えば、ほぼ梅婕妤の独占状態であったところに、田寧寧が食い込んでいる。懐胎中でもあるが、こちらは実家の力が圧倒的に足りない。寵愛だけでは側室になることはできても、皇后の座につくことは難しい。皇后の外戚《がいせき》には帝の政権を支える役割が求められるからだ。

お互いこれといった候補が思い浮かばず、薄暗い牢のなかに重い沈黙が横たわる。

ちたん、ちたん、とどこかで水垂れの音が響くなか、ぼそりとつぶやいたのは点青だった。

「………死にたくねえ」

まるで地の底、深淵《しんえん》から響くような声だった。

「住むところを追われ、親を殺され囚《とら》われて、それからは玩具《がんぐ》のようにあつかわれてここまで流れ着いたんだ。ここまで生きて……いまさら死ねるかよ」

ごと、と獄の入り口で重い閂《かんぬき》が動く音がする。延明《えんめい》は身体を硬くした。獄吏がやってくるのだ。これから取り調べという名目の拷問がはじまる。延明らが巫蠱《ふこ》の事実を認める、もしくは息絶えるまで、責め苦がつづくことだろう。

――……桃花《とうか》さん、すみません。

延明は瞑目《めいもく》した。

彼女に夢を語ってからまだひと月も経っていないというのに、このようなことになってしまった。

待ち受けているのは、冤罪《えんざい》による死だ。

それはかつて、腐刑《ふけい》を受けることで逃れた道だった。おのれで選択した道ではなく、望まぬ延命を悔いたこともあった。桃花に出会う前、かつての自分なら、もしかしたらこの牢のなかで二度目の冤罪を静かに受け入れたのかもしれない。ようやく死ねるのだ、と。

だが――延明は手枷《てかせ》で束ねられた両手を強く握り込んだ。

いまは、生きたい。強くそう思う。

死にたくない。殺されてなるものか。死への恐怖と、生への執着が、血が滲《にじ》むほどに心の臓に爪を立てる。

——夢がある。私には、為《な》したいことがある……。

冤罪などで、死にたくない。

＊＊＊

「非常に厳しい状況だ」

苦しい表情で、織室令《しょくしつれい》の甘甘《かんかん》は几《つくえ》の上で手を組んだ。向かい合っているのは桃花だ。脇には、延明との連絡係りも控えている。

陽が傾き、織房《しょくぼう》に差しこむ西日が強くなってきたころのこと。機織《はた》りのさなか、甘甘に呼び出され、告げられたのが延明投獄の報《しら》せだった。蠱《まじな》いにて梅婕妤を呪い、死に至らしめたのだという。主犯である皇后は、数名の侍女のみを連れて北の離宮にて蟄居《ちっきょ》となったということだった。

午《ひる》過ぎごろから才里《さいり》が「後宮の様子がどうもおかしいらしい」と情報を仕入れてきて、ずっとそわそわとしていたが、まさかこれほどの大事であったとは。そういえば仕事の最中も、みなどこか落ちつかない様子だった。この激震にまるで無関心だったのは、この世で桃花ただひとりであったのかもしれない。

「決め手となっているのが偶人《ぐうじん》なのだ。娘娘《ニャンニャン》の花押があったという」

偶人とは、呪具だ。木で人を模《かたど》ったもので、形代《かたしろ》ともいう。巫蠱はこの偶人を土に埋め、呪詛《じゅそ》をおこなうものである。

「なぜ、それが決め手となるのでしょう？」

いまひとつ実感が湧かないなか、桃花は眉《まゆ》をひそめた。

「逆におかしいではありませんか。罪を犯した証《あか》しとなる物品にわざわざ署名をする愚《う》がおりますでしょうか。それに、なぜ梅婕妤《ばいしょうよ》は巫蠱をおこなった当日に亡くならず、発見された日に呪いが成就して死に至ったのでしょうか。なんともちぐはぐだと思うのですけれども」

「そうだな。だが問題は、この花押の真贋《しんがん》が証明できない点にある」

偽物と証明できなければ推定本物であり、本物であれば蠱いに使われた偶人は皇后の作成物ということになってしまうという。

あまりに強引だが、いまや皇后の許氏一族はそれらを覆すほどの権勢をもたず、逆に娘が死んで怒り狂う梅氏は絶大なる権力を有し、許皇后の廃位を強く訴えているという。

「その偶人の真贋は、わたくしにはわかりません。けれども、婕妤さまが蠱いの力で亡くなったとはとても思えません」

桃花は強い口調で言い切った。

「わたくしは幼少より多くの死体を視《み》てきましたけれども、一度として、蠱いで死んだと思われるような死体を目にしたことがありません。検屍《けんし》はいったいどうなっているのでしょう？」

「この一件は、大家《ターチャ》の預かりとなっている。掖廷《えきてい》の長官である延明に共謀の疑いがかけられているからだ」

「ですから、なぜ延明さまが」

「巫蠱が発見された後宮は、延明が長官を務める掖廷の管轄下だ。しかも間の悪いことに、当該の三区はひと月ほど前に封鎖されているのだが、それを命じたのは延明なのだ。延明の手引き無くして後宮で、しかも封鎖された三区にて巫蠱はおこなえまい、との糾弾がされているらしい」

「偶人が埋められたのは、それより前というだけではないでしょうか？」

「であろうとは思う。だが疑わしいと言われてしまえば、否定がむずかしい。死体に関してはどうやら太医《たいい》らが任され、調べているようだが、それも詳細はわからない。ひとつ幸いといえば、太医は政争には絡まない中立であるということくらいか」

「けれども、医官は医官ですわ。たとえ万の病を快癒させた名医でも、万の死体を調べたことはないことと存じます」

桃花は甘甘の前に両膝《りょうひざ》をついた。拱手《きょうしゅ》した手を額に掲げ、深々と頭を下げる。甘甘が驚いたように腰を浮かせた。

「桃花《とうか》くん……」

「どうか、わたくしを太医署に。どのように危険なる手段でも厭《いと》いません。この手、この目に、婕妤さまの検屍をさせてくださいませ。死の真相を究明し、かならずや延《えん》明《めい》さまをお助けいたします」

延明投獄——これほど残酷な仕打ちがあるだろうか。桃花は伏せた面できゅっと唇を嚙《か》んだ。

延明は過去、祖父が冤罪をかけられ、その連座として性を切り取られる刑を受けている。のち罪は晴れたが、欠けた肉体はもとにはもどらない。その残酷さを身をもって知るがゆえに、彼は冤罪を憎み、その根絶を目指しているのだ。

肉体が欠けた者、とりわけ、子孫繁栄という重要な徳を失った者が、世間でどれほど蔑視《べっし》されるかを痛感し、それを恐れながら、それでもこの内廷を出て、冤罪根絶のために働く日を目標として掲げる彼に対してこの仕打ち——。

とても看過できるものではない。

「冤罪の根絶を目指すものが、冤罪で首斬られることなどけっしてあってはなりません。甘甘さまならば、それがおわかりになるはず」

甘甘もかつて、冤罪によって投獄されたことがある。助けるために動いたのは延明だ。

　だが、甘甘《かんかん》は苦悩の表情で首を横にふった。

「気持ちはわかる。私も手配をしたい気持ちは山々だ。しかし、不可能なのだ。婕妤の遺体を管理しているのがほかの官衙《やくしょ》ならば、伝手《つて》でも裏金でも駆使してなんとでもしようとも。だが、太医署は……手が届かぬのだ。黒銭《わいろ》も通じぬ。彼らはけっして金では動かない」

「そんな……」

「代わりに、というわけではないが、掖廷に視てほしいべつの死体があるらしい。そうだな？」

　甘甘が、気配を消すようにして佇《たたず》んでいた連絡係りの青年に声をかける。彼が掖廷に情報収集に行った際に、副官の公孫に声をかけられたのだという。検屍官桃李《とうり》とつなぎを取ってほしい、と。

「ええ。今回の事件に深く関係のある死体だということです。悪い話ではないと」

「お引き受けいたします」

　ほとんど被《かぶ》せるようにして、桃花はこたえた。

「さっそく掖廷におうかがいをしても？　着替えはどちらでいたしましょう」

「その前に」

やや前のめりの桃花を制し、連絡係りは真剣なまなざしで告げた。

「危険がともなうとご承知おきを。現在、掖廷では官奴《かんど》の名簿調査がおこなわれています」

名簿？　と甘甘も眉を寄せる。

「そうです。巫蠱《ふこ》に関する捜査という名目ですが、どうも桃李《とうり》という少年をさがしているようで」

「つまり、わたくしをですか」

「ええ。桃李を知る掖廷官は、彼が延明さまの秘蔵であることを承知していますし、正体までを知る者はごくわずかです。しかし、安全とは言い切れない状況でしょう。それでも」

「かまいません」

検屍を依頼されて仕事をしないなど、桃花がもっとも嫌うことだ。祖父の遺体を調べもしなかった検屍官を桃花は生涯ゆるさないし、同様の行為をするならば、自分すらもゆるさない。

それに延明は桃花にとって、いまやすこし特別な存在だ。

桃花を『検屍女官』と称してくれたあの言葉に、どれだけ救われたことか。

だが、桃花を検屍女官でいさせてくれるのは延明だけだ。延明がいなくなれば、桃花はふたたび現実から逃避して微睡《まどろ》むだけの存在にもどってしまう。検屍官になることを夢見るだけの、ただの無力な女だ。

延明は、いまや桃花をささえる片翼だと言っていい。

「行きます」

はっきりと告げると、甘甘が「あとのことはまかせなさい」とうなずいた。


連絡係りは、名を冰暉《ひょうき》と名乗った。

今回は道中ではなく、甘甘の手配にて織室《しょくしつ》で着替え、だれにも顔を見られないよう周囲を警戒し、西日のなかをあわただしく掖廷《えきてい》へと向かう。陽が落ちてしまっては検屍ができないので、急がなくてはならない。

深衣《しんい》を脱いで代わりにまとったのは、青緑色の袍《ほう》と帽子——宦官《かんがん》の衣服だ。官奴の桃李として行くのはあまりに危険なため、宦官に扮《ふん》して検屍にあたる手はずとなった。

「さいわいと言いますか、姫《き》女官には実際に宦官としての籍があります」

足早に歩きながら、冰暉が言う。意味がわからず桃花がまばたくと、やや困った表情で詳細を説明してくれる。

「点青《てんせい》さまが勝手に籍を偽造して用意していたのです。いずれ姫女官を籍上で死んだことにし、掖廷で宦官として働かせようと目論《もくろ》んだようで。……ひと月ほどまえの話ではありますが」

「なぜ、そのようなことを？」

「織室から都度呼び寄せるより、そのほうが使い勝手がよいと考えたのかと。延明《えんめい》さまが知るところになり、計画は中断、籍はひとまず放置となっていたのですが。――

ちなみに、名簿上の名は『老猫』となっています」

老猫。つけたのは点青だろうか。わかりやすくてよいなと思う。

「しかし姫女官のことは、われらも極力『検屍官』とお呼びします。どうしても名を名乗らねばならないときの判断はおまかせします」

「承知いたしました」

返事をすると、それきり冰暉は前を向き、ふり返ることなく掖廷へと案内する。これまでよりも歩調が速く、余裕のない足取りだった。冰暉だけでなく、桃花《とうか》もそうだ。いつもはまどろみながら歩く道だが、この日はすこしも眠くない。周囲の景色、虫の声、過ぎ去った夏のなごりをのこす日差しと、涼しさを孕《はら》んだ風。それらがあまりにも鮮明で、逆にすべてが夢であるように感じられる。

だが、これまでのようにぼんやりと過ごしていれば、延明は死ぬ。その危機感と緊張感だけは、強い実感があった。

冤罪《えんざい》で苦しんだ延明が、二度目の冤罪によって今度こそ首を落とされる。それだけは防がなくては。寝るのはあとでいくらでもできると胸に刻んだ。

次第に掖廷の門が見えてくる。念のため、門をくぐる手前で冰暉とは別れ、ひとりで死体安置場がある獄へと向かった。道がややあやふやなのは、これまでは寝ぼけながら歩いていたことと、ここを訪ねるのが久しぶりでもあるためだ。最後に足を運んだのは、織室の丞《じょう》(副長官)であった小海《しょうかい》の溺死《できし》体を検屍《けんし》しにきた時で、夏至よりも前のことだった。当時はまだ火災の爪痕《つめあと》も生々しく、あたりは独特の異臭に満ちていた。

あれからふた月が経ち、焼失した獄の瓦礫《がれき》はきれいに撤去され、すでに小規模な獄があらたに建設されていた。材木の不足か、それとも耐火性を考えてのことか、土をつき固めてつくった版築《はんちく》が建材の大部分をになっている。

ひとまず掖廷獄には到着したが、桃花は困惑していた。院子《にわ》には、十人ほどが人垣をつくっていた。いや、人垣というよりはなにやら険悪な雰囲気で、言い争う声までがきこえている。見知らぬ顔も多かった。

どうしたものかと思っていると、そのうちのひとりがようやくこちらに気がついてやってくる。

「お待ちして――いや待っていたぞ、検屍官」

渋みのある中年宦官。延明の副官である公孫《こうそん》だ。「非番で市《いち》にでかけていたところ、呼び戻してすまないな」と桃花の設定を語りながら、険悪な輪へと案内する。

見れば彼らのうちほぼ半分は、袍に白い前掛けを重ねていた。知らぬ顔ぶれはどうやら医官、あるいはその員吏たちのようだ。彼らのすぐそばに横たえられ、筵《むしろ》が掛けてあるのが検屍対象なのだろう。

「これより検屍をおこなう。どいていてもらおうか」

公孫が声を張って言うと、ひとりの医官が傲然《ごうぜん》とあごをあげた。

「どくのはそちらだと思うけれど？　盗んだ死体を返してもらおうか」

十代後半、長いまつ毛に縁取られた、すっと切れ上がった目が印象的な人物だ。造作が美しいぶん、高慢そうな所作がいっそうよく似合っているなと思う。

「盗んだ？　なにを言う。後宮は婢女《はしため》にいたるまでわれら掖廷が管轄。この死体は後宮所属の婢女であるゆえ、われらが調べるのが道理」

「掖廷だからだめだって、わからない？　この件は大家《ターチャ》が僕たち太医《たいい》署に一任したんだ。掖廷は長官の孫《そん》延明を助けるため、いろいろ捏造《ねつぞう》するかもしれないだろう」

「えらそうに、なにが太医署か。おまえたちはこの婢女が苦しんでいるあいだ、いったいなにをしていた？　三区に放置し、遠巻きに囲んで眺めていただけではないか！　それを死んだら回収するなど、やぶもいいところ。それとも医者とは死体を回収するのが仕事なのか！」

「だまれ！　婢女など診療する医者もいなければ、医者にかかる婢女もまた存在しない！」

　彼らの応酬をきいて大方の事情は把握した。どうやら検屍対象は三区にて死亡した婢女で、太医署が回収しようとしたものを掖廷《えきてい》へと強引に運んできた様子だ。

　桃花は、死体の横に用意された長几《ながつくえ》のほうへと目を向ける。そこでは華允《かいん》という少年宦官《かんがん》が、黙々と道具の確認作業をおこなっていた。延明を心配しているのだろう、まだ同日であるというのにすでに憔悴《しょうすい》の色が濃い。

　桃花は陽の位置を確認し、筵のまえに膝《ひざ》をついた。彼らの決着を待ってはいられない。高い塀に囲まれた内廷は、日暮れが早い。

「検屍をはじめます」

　面倒なので、死体にかけられていた筵を自分で取り払う。医官らは「待て！」と声こそ上げたが、すぐに袖《そで》で口もとを覆い、死体を忌避するようにして距離を置いた。穢《けが》れを恐れているのだろう。この様子では、強引に死体を回収する度胸はなさそうだ。その点には安堵《あんど》して、桃花は掖廷官らをぐるりと見回した。

「記録はどなたが？」

「おれがやります！」

　まっさきに名乗りを上げたのは華允だ。見覚えのある老検屍官もあわてて手をあげる。そこへ割りこんできたのが、さきほどの若い医官だった。

「待て待て！　待てと言っている！」

「医官さまが記録を？」

「そんなわけないだろう！　その死体に触れることはゆるさない」

「ゆるされなくても触りますので、あきらめてくださいませ。それに口を開くと穢気《わいき》が入りこみますけれども、よろしいのですか？」

脅すと、医官はひるんだように数歩下がり、口を覆った。それでもまたおそるおそる近づいてこようとするので、ため息をつく。これは途中でなぞの気概を発揮して邪魔をしてきそうで、めんどうな相手だ。

「では、こうするのはどうでしょう。医官さまはこの検屍において不正やでっち上げがないかをその目で見張り、監視するのです。不正なしと判断されましたら、死体検案書を書き写し、それを太医署の仕事として提出する。検案が終わりましたら死体も掖廷官が太医署までお運びいたします」

医官は死体に触れることなく仕事を終えることができる。穢れにあたることもない。死体を忌避するのならば悪くない提案だろう。

医官はやや迷ったようにしてから、ふんと鼻を鳴らした。

「――じゃあさっさと済ませてくれ。僕はいそがしい。あと、不正はまかりならない。

おかしなまねを見せたら大家に報告する」

「ありがとう存じます」

礼をし、あらためて検屍対象と向きあう。桃花《とうか》が医官と話しているあいだに、記録係りは華允に決まったようだった。華允が筆を持ち、

「この者は小英《しょうえい》。四十五歳。後宮で働く婢女です」

と身元を説明する。

横たわっているのは、小柄な女の死体だった。

皮脂でべたりと汚れた髪は白髪でまだら。麻の衣から伸びた手足は日々の労働で褐色に日焼けしており、骨が浮き出るほどに痩《や》せている。慢性的な栄養不足のせいか肌の状態も悪く、皮膚はざっと目で見えるかぎり湿疹《しっしん》と潰瘍《かいよう》がひろがっていた。

問題は、顔だ。女の顔は判別がつかぬほどに爛《ただ》れていた。くちびるがひどく割れ、半開きになった口の周りには血がこびりついている。

「病歴不明。検屍官も知ってると思いますけど、きょうの午《ひる》すぎ、三区で巫蠱《ふこ》の痕跡《こんせき》とされるものが発見されました。これはその片づけを命じられた者のひとりです。呪具に火をくべて浄化するよう命じられ実行にうつしたところ、とつぜんこのようになって血を吐き、長時間苦しみ悶《もだ》えたのちに死亡。煙とともに立ちのぼった蠱気《こき》にあたった、とされています。死後の経過時間は約一時（二時間）」

「蠱気ですか……」

当然だよ、と口を挟んだのは医官だ。

「蠱《まじな》いに使われた呪具を燃やしたんだ。込められていた蠱気が噴きだすのは道理。ほかにも立ち会っていた宦官の数人が体調不良をうったえているらしいけれど、危険な仕事を奴婢《ぬひ》や下級宦官が引き受けるのもまた道理というものだね」

つまり死因はともかくとして、この婢女の怪死がいっそう巫蠱の信憑性《しんぴょうせい》を高めている状況というわけだ。

「四十代、女性、身長は……六尺三寸。華允さん、記録を」

うながすと、華允はあわてて筆を走らせた。

それから髪の長さを測り、頭皮に隠れた傷がないかをつぶさに確認する。目立った外傷は認められなかった。

つぎに両耳が欠けもなく完全であることを確認し、目に触れる。腫《は》れあがったまぶたを押し開くと、瘡蓋《かさぶた》状になっていた体液が割れ、じわりと湿潤した。

「まぶたは腫れ、目は充血。……角膜がひどく損傷しています」

華允の説明によれば死後一時ほどしか経過しておらず、まだ角膜は透明性を保っているはずだった。ところが、この遺体の目は角膜が損傷し白濁、びらんどころか重度の潰瘍状となっている。これは腐敗現象ではない。

「顔面は首にかけて、なにかにかぶれたようにはげしく腫れて爛れ、皮膚の剝離《はくり》がみとめられます。鼻腔《びこう》も同様で……すこし待ってください。口をあけます」

遺体を抱くようにして頸部《けいぶ》に腕をまわし、大きくのけぞらせる形で口を開かせる。死後の硬直がゆるやかに発現しはじめていたが、この程度ならば酒粕《さけかす》などで温める処置は必要ない。やさしく動かしているうちにゆるみ、大きく開くようになった。そうして口腔《こうこう》の奥深くまでをのぞきこんで確認していると、堪えかねたように医官が呻《うめ》いた。

「正気か……」

「正気か、とは？」

顔をあげると、医官は口もとを袖で覆ったまま、信じがたいといった表情を浮かべてこちらを見ていた。

「死体だよ、それは。気持ち悪くはないの？」

「死体であるからこそ調べているのです。そしてお忘れのようですが、死体とは人です」

話しながら口腔の奥に指を差しいれ、「のどの奥が狭窄《きょうさく》。内部も重度の皮膚の剝離がみられ、吐血はこれが原因と考えられます」と華允に告げる。それにも怖気《おぞけ》をもよおしたようで、医官は顔をしかめて数歩をさがった。

「……信じられない」

「医官さま。医官さまは病の者を治そうと治療をおこないますね。死を防ごうと四診をおこない、鍼灸《しんきゅう》をほどこし、薬を処方する。舌診《ぜっしん》のさいはよくよく舌を観察なさいます。それとどこがちがうのでしょう？」

「だって、それは死んでいるだろう」

「汚い、気持ちが悪いと？　たとえば、死の間際までは人であり患者でもありえたのに、一心の臓が停止したとたん、そのように口もとを覆って忌避すべき存在に変わり果ててしまうのですか？　わたくしにとってはそのほうがふしぎです」

「髪の毛とおなじだよ。髪は大切な身体の一部だけれど、それが死に、ぬけ落ちると、とたんにがらりと印象が変わる。薄暗い時刻、なにかにごっそりと絡みついているのを見つけるとぎょっとするし、怖気立つよね」

「？　禿《は》げたかもしれないという恐怖でしょうか？」

「幽鬼的な恐怖にきまっているだろ！」

顔をまっ赤にして怒られた。よくわからないが、彼の考える幽鬼は脱毛がはげしいようだ。

「幽鬼など、おりません。呪いもまた、人を殺傷することは不可能と考えます」

「おまえね」

「華允《かいん》さん、あごの軽微な硬直具合から見て、死後の経過時間は一時ほどで相違ないでしょう。指先、足先は青紫に変色。つぎは衣服を脱がせて調べます」

手伝ってほしいと言うと、華允は一旦《いったん》筆を置き、桃花《とうか》といっしょに遺体の衣服を脱がせる作業にかかる。麻の衣と草鞋《わらじ》を脱がせると、痩せ細った婢女《はしため》の裸体があらわになる。

「検屍官《けんし》、湿疹や爛れはほとんどが衣服から出ていた皮膚に発現しているようですね」

華允が記録を取りながら言うので、桃花はこれにうなずいた。

「そのようです。これは栄養失調や劣悪な臥牀《ねどこ》によるものではなく、なんらかの害気に肌が曝露《ばくろ》した症状とみて間違いないでしょう」

「だから、蠱気《こき》だよ」

あきれたように医官がため息をつく。桃花は検屍の手順に従い、乳房やわきの下、腹部を丁寧に確認しながら、視線を向けずに医官に問うた。

「これが蠱気によるものであるという根拠はなんでしょう？」

「は？　そんなもの、巫蠱《ふこ》に使われた呪具を燃したんだから当然――」

「つまり、考えを放棄していらっしゃる」

「……なんだって？」

「医官さまはこのかたが生きていて、しかも卑賤《ひせん》の者などではなく、たとえば大家《ターチャ》であったなら、必死になって原因を探ろうとなさるのでしょう。知識を総動員し、あらゆる医書をひもとき、その治療方法を模索する。けれどもいまは興味を失っていらっしゃる。これが、死体だから。治療ができないから、その必要がないから。ご自分に関係のない死であるから。穢《けが》れるから」

言いながら、陰門、そして肛門《こうもん》に指を差しいれ、内部の異常を確認する。反駁《はんばく》しようとした医官が呻くのがわかったが、どうでもよい。どちらにも異常は見受けられなかったことが重要だ。

指をふき、サイカチでよく洗う。

「医師が担当していた患者が亡くなれば、その死因の判定は医師の領分でしょう。けれどもそうでない場合、死の因果を調べるのは検屍官です。わたくしがなにをするのかはお気になさらず、いまは監視のお仕事にただご専念くださいませ」

「……つまり黙って見てろって？　死体漁《あさ》りの穢人《えにん》風情が」

死体を忌避しながら、嘲《あざけ》りの目で桃花を見おろす。

「医者と死体漁りを同格だとでも思っている？　ばからしい。僕たち医官は診療に大きな責任を持って働いている。治療が及ばざれば懲罰を受けるのがその証《あか》しだよ。貴人の治療にあたっては、治せなければおのれの死をも意味するほどにね。それにくらべておまえは気楽なものだろう？　すでに死んでいる者が相手なのだから、死なせてしまうおそれもない。失敗や間違いがあっても、だれもおまえを責めはしない」

「いいえ」

桃花は邪魔な前髪を払い、まっすぐに医官を見つめ返した。

「責任ならば、あります。検屍官が死因を過《あやま》てば、無辜《むこ》の民が肉体を切り取られる酷刑をうけることにつながりかねません。あるいは、人殺しの罪人を野放しにすることにも。だれかから責められなければ責任がない？　それはちがいます。責任とは、自己がおのれの心に背負うものでもあるはずです」

ゆっくりと、けれども決然として言うと、医官が呑《の》まれたように黙する。その隙に、華允に「銀簪《ぎんしん》をあるだけお貸しいただけますか？」と手を差しだした。華允は短く切れのよい返事にて、三本の簪を渡してくれる。

これを一度よく洗い、よく磨いた。銀に曇りがないことを認めてから、このうち一本を遺体の口腔へと差しいれ、一本を頰にあてる。のこりの一本は腹部だ。それから頰と腹部の簪には酒粕をかぶせて適度に固定し、遺体に筵《むしろ》をかけた。

見守っていた老検屍官が、好奇心に耐えかねたように口を開く。

「毒の検出でござりましょうな？　酒粕は温めず、米酢もお使いにならぬ？」

「はい。あぶりださずとも、皮膚がこの状態ですので、毒は表面に強くのこっているものと思われます」

「毒だって？」

医官が数歩寄ってきた。

「まさか、呪具は夾竹桃《きょうちくとう》や漆でつくられていたとでも言いたいの？」

「いいえ。燃して発生し、死に至る毒といえば、たしかに天竺《てんじく》が原産の夾竹桃、または漆が代表的ですけれども、まず、夾竹桃はこのような激しい皮膚症状を呈しませんので除外いたします。つぎに漆ですが、こちらはたしかに皮膚の爛《ただ》れを発生させます。けれども漆の木で呪具――偶人《ぐうじん》をつくるのは、作業をする者にも相当な被害をあたえますし、宮廷のうちで作成することは困難ですから、なんらかの方法にて持ち込まなくてはなりません。これもまた難しいと思われます。が、まだ否定はいたしません」

桃花はそのまま&& しばし置いてから、筵を取り払った。

「そろそろよいでしょう」

簪《かんざし》の具合を確認する作業だ。

まずは腹部に置いた簪を手に取り、桶《おけ》の水で洗う。酒粕を流された銀簪は、もとのまま輝きを放っていた。

変化があったのは、頬にあてていた簪、そしてのどの奥に差しいれていた簪だ。

銀はところどころが青黒く変色を呈していた。洗っても、それは落ちない。

「医官さま、ご確認くださいませ。銀が変色しています。さきほど、漆の可能性は否定をいたしませんでしたが、漆では銀をこのように変色させることはできません。——激烈なる皮膚症状、気管の爛れ、そして肌の露出部分にあてた銀の変色とをあわせて考えますに、これは砒霜《ひそ》の曝露です」

砒霜、と医官が怪訝《けげん》そうに眉根《まゆね》をよせる。

「ええ。宮廷で砒霜といえば無味無臭であるがゆえに、食事に混入される代表的な毒物です。医官さまもそのことは十二分にご存じでしょう。経口にて致死量を摂取すれば、はげしい嘔吐《おうと》と下痢を呈し、数時から数日のうちに死亡いたします。けれども山間部、とりわけ砒霜の原石である『信《しん》』を産出する鉱山地域においては、経口摂取より問題となっているのが、皮膚への曝露なのです」

砒霜の原石『信』は、黄赤色の鉱石にして弱毒。水にもほとんど溶けることがない。そのままでは毒として使用できないことから、鉱山ではこれを砕いて水で練り、団子状にしたものを窯で焼く。この煙を鶏の羽などに蒸着させると、白い霜状に精製される。白色無味無臭にして、激烈毒、水によく溶ける砒《ひ》の霜《そう》——砒霜のできあがりだ。

こうしてつくられた砒霜は高値で売買される。が、窯で焼いた煙もまた劇毒であり、鉱山の民は長くは生きることが叶《かな》わない。肺をやられ目をやられ、臓器をやられ、短い生涯を閉じる。至近距離にて浴びれば、この婢女《はしため》のような末路をたどることになる。

説明をすると、医官は頬を紅潮させて桃花《とうか》をにらんだ。

「……医官である僕が、そんなことも見ぬけないなんて、と言いたいのかい？」

「いいえ」

否定して手をよく洗浄し、遺体に筵をかけると、桃花は医官のまえに立った。

「医学とは、主に傷寒治癒と養生のためのもの。口にした場合の解毒方法を医師がご存じでも、燃した煙を浴びるなどという特殊な例の症状までは専門外かと存じます。それにここは宮廷ですので、大事なのは主上の健康をお守りすること。主上が砒霜の煙を浴びるなどということはまずないでしょうから、これは必要のない知識です」

「うるさい。必要の有無は僕が決める」

不快げに言い放ち、医官が遺体から離れる。代わるように寄ってきたのは公孫《こうそん》だ。

「検屍官、これが砒霜によるものということはわかった。であるならば、この婢女が燃やした偶人《ぐうじん》——土中から発見された呪具には、あらかじめ砒霜がしこんであったという解釈でよいだろうか」

「そのように存じます」

つまり、この婢女の死は仕組まれたものであったということだ。

発見された呪具が実際に巫蠱《ふこ》に使用された禍々《まがまが》しきものであるという印象を与えるために、この婢女は『怪死』をさせられた。

公孫らはやはりと、怒りの滲《にじ》んだ顔でたがいにうなずきあう。

「以上です、医官さま。監視の結果はいかがでしたでしょうか」

尋ねたが、医官はなにも答えない。ただ黙って華允《かいん》が記した死体検案書を奪い取り、

「帰るよ」と指示を出す。華允はとり返したそうな顔をしたが、公孫がかぶりをふった。掖廷《えきてい》がこの検屍《けんし》結果を持っていたところで、使いようがないからだ。なにを訴えても、延明《えんめい》をかばって検屍結果を捏造《ねつぞう》したと言われてしまうだろう。

「――おまえ、名は？」

婢女の死体は掖廷の柩車《きゅうしゃ》にて太医《たいい》署に運ばれることとなった。その準備のさなか、医官が桃花に尋ねた。

「老猫と申します」

答えると、医官はいろいろとなにか言いたそうな表情を浮かべたが、結局やめたようで、「僕は扁若《へんじゃく》だ」と名を告げただけで去って行った。

その姿を見送ったあとは、片づけだ。華允は延明の現状がよほど応《こた》えているのか、ひどく力のない様子だった。慰めてやりたかったが、無責任なことも言えない。

道具を洗浄しながら、どう声をかけたものかと思案しているうちに、華允のほうから桃花に話しかけてきた。華允は桃花が案じていたよりもずっと大人な表情で、強い決意に満ちていた。

「検屍官、あと公孫さまも。おれからお願いがあります」

＊＊＊

湿った藁《わら》に体を横たえ、泥のように眠っていた。

深い眠りから覚めたのは、耳を鼠が齧《かじ》ろうとしたからだ。延明は反射的に手で払い、身を起こす。薄暗かった獄舎は夜を迎え、いよいよ漆黒に沈んでいた。ひとつの灯燭《あかり》もともされぬ牢獄《ろうごく》は、身の内の絶望を塗りこめたかのように暗い。

この闇のなか、まだ手つかずの食事がどこかに置かれてあるはずだったが、もはや視認することは困難だった。手さぐりで探そうかとも思ったが、やめた。ひもじい鼠が延明の耳を食事にしようとするくらいだ。冷めきっていた菜羹《さいこう》など、とうに平らげているだろう。重要なのは明日の朝、その鼠が死んでいるか否かである。

――よもや初日に始末しようなど、黒幕もそこまで焦ってはいないと思うが。

それにしても、手ひどくやられたものだ。身体の内も外も悲鳴をあげている。延明はふたたび倒れるように身を横たえた。不潔な藁が異臭を放っていることなど、もはや気にする余裕もなかった。

「……点青《てんせい》、起きていますか？」

となりの牢に声をかけるが、返答はない。さきほどの延明と同じく、気を失うようにして眠りに落ちているのだろう。自分も寝なくては、と思う。明日もあの訊問《じんもん》に耐えぬかなくてはならないのだから。

──……たとえ殺されたとしても、絶対に自白などしてやるものか。

牢に入れられ外部との接触を断たれた延明ができることは、ただのひとつそれだけだ。いまはその強固な意志だけが、自分を支え、奮い立たせてくれている。そうでなくては、これから待ち受けるあらゆる絶望に負け、恐怖に染まって頽《くずお》れてしまいそうだった。

なにも考えまい。そう、ぎゅっとまぶたを閉じる。

と、獄舎の閂《かんぬき》が動かされる音を耳がひろった。すでに陽が落ち、夜である。このような時刻になにごとだろうか。まさか、夜を徹しての調べをおこなうつもりか。

警戒しながら身を起こし、耳を澄ます。小さな油燭《ししょく》と静かな足音は、確実に延明らのほうへと近づいてきて──

「延明さま、ごぶじでようございました」

一瞬、相手がだれなのかわからなかった。小柄で、身幅の合わない大きめの宦官袍《かんがんほう》をまとっている。顔の造作を鮮明にするには、手にした油燭はあまりに頼りなかった。

だが、

「……桃花《とうか》、さん？」

声と雰囲気は間違いなく彼女だ。耳にすっかりなじんだ声で、桃花が「はい」と答える。延明は齧りつく勢いで鉄格子に飛びついた。枷《かせ》で自由のきかない手で鉄格子をにぎりしめる。

至近距離で見つめた相手は、まぎれもなく姫《き》桃花だった。

「どうやってここへ？」

目隠しをされて連行されたが、距離からして若盧獄《じゃくろごく》だと目星がついている。宦官に扮《ふん》したからといって、桃花がひとりで容易に足を運べるような場所ではない。

「みなさんが協力してくださったのです」

「みなとは……公孫たちが？」

「いいえ、もっと多く。もちろん公孫さまや、延明さまを慕う掖廷の官吏たちもそうです。それに甘甘《かんかん》さまや、かつて延明さまが冤罪《えんざい》から救った如来《にょらい》というかた、それに諸葛充依《しょかつじゅうい》さまのもとで虐待に苦しみ、延明さまが解放なさったたくさんの小宦官たちなどです。そして彼らの協力を集めてきてくださったのは、華允さんですわ」

これら多くの者が、桃花が獄までたどりつけるよう資金を用意調達し、あるいは人払いをし、あるいは見張りに立ってくれたのだという。数々の事件を解決してきた延明と桃花、この組み合わせに賭《か》けてくれたのだ。

「すべては、延明さまがこれまでに為《な》してきたことの結果です。だれもが延明さまの無実を信じ、いまこそ恩義を返すときと誠心をつくしてくれているのですわ」

「為してきたことの、結果……」

桃花の言葉に、延明《えんめい》は茫と立ち尽くした。不覚にも、目頭が熱くなる。

春以来、寝る間も惜しむ勢いで働いてきた。もちろん無駄なことをしてきたとは思っていないが、それでも延明の努力や仕事が認めてもらえたようで、胸が熱くなる。

うつむくと、桃花が頭を撫《な》でてくれた。子どもにするような慰め方に苦笑する。

「汚いですよ。汚水を頭からかけられましたし、寝ころんでいた藁は腐っています」

「この程度を汚いと思うようでしたら、はじめから触れたりなどいたしません」

だろうな、と思うと自然と笑みが浮かんだ。桃花がだれかに対して汚いと評して敬遠する姿は、とても想像ができない。

「しかし、このような場所でこのような姿を桃花さんにさらすとは。さすがに面目が立ちませんね」

桃花が気にしないのはわかっているが、それでも羞恥心《しゅうちしん》がこみあげる。排泄《はいせつ》用の桶《おけ》など、絶対に見られたくはない。牢獄が暗く、桃花が手にしてきた油燭も小さくて、まださいわいだった。

「外見を気になさるのでしたら、生きてここを出てくださいませ。みな、いくらでも延明さまのために湯を用意いたしましょう」

言って、桃花は汚れた地面にためらいもなく座る。彼女らしいと思いながら、延明も鉄格子を挟んでとなりに腰をおろすと、「どうぞ」と包みが差しいれられた。

桃花が照らしてくれるなかで開くと、笹で包まれた食事、水筒、薬包が出てくる。笹をひらくと、ふかした黍《もちきび》を丸めたものがあらわれた。粢飯《チーファン》だ。牢獄の異臭で黍のふくよかな香りがわからないのを残念に思う。

まだ眠っている点青《てんせい》と分けようと考えて割ると、なかからほろりとした肉が現われる。鼈《すっぽん》のようだった。黍も鼈も栄養価が高く、高級な食材だ。延明のためにみなが用意してくれたのかと思うと、胸が温かくなる。

半分を食べ、薬も半分をのどに流し込んだ。黍の香りはわからないのに、飲みこんだ薬のいやな臭いだけは鮮明に感じられて、軽く笑う。

「なんだか、いつかとはすっかり逆の立場になってしまいましたね。薬をいやがっていたあなたの気持ちが、いまは少しだけわかります」

「では、つぎにわたくしが暴室《ぼうしつ》入りをしたときには、どうぞ甘い薬だけをお持ちくださいませ」

「あなたを暴室になど二度と入れるものですか」

桃花はいろいろと無頓着《むとんちゃく》なので、なにかと目を光らせてやらないとすぐに健康を損ないそうで、こちらが気苦労をする。こりごりだ。

「そういえば、きょうはなぜ官奴《かんど》ではなく宦官《かんがん》の装いを？」

「官奴の桃李《とうり》は、どうも危険なようなのです。掖廷《えきてい》では官奴の名簿と人員を照らしあわせる作業がおこなわれているらしく。……公孫さまによると少府《しょうふ》の命令らしいのですけれども、実際の出どころはわからないとのことです」

桃花《とうか》の返答に、延明は強く拳《こぶし》をにぎりしめた。

「黒幕はよほど検屍《けんし》をされたくないようですね。――桃花さん、あなたはもう」

「危険だからこの件に関わるなとおっしゃりたいのでしたら、そのような命令は無駄であるとお断りを申しあげますわ。わたくし、延明さまの部下ではありませんもの」

「しかし」

「どうか……水臭いことはおっしゃらないでください。わたくしと延明さまの仲ではありませんか」

暗闇のなか、ささやくように言われたその言葉に、不覚にもどきりとした。

「私と、桃花さんの仲……」

「ええ。わたくしたちは同志、盟友ではありませんか！」

ん、と思考が一拍停止する。

「……同志、盟友……？」

「友とは、困っているときに助けるものです。才里《さいり》がそうですもの。ですので、かならずお助け申しあげます。どうぞ信じてお待ちくださいませ」

きらきらとした目で、桃花は力説した。

「そ、そうですか……そうですね。そう、ありがとう」

複雑な気持ちで、延明はつくり笑う。いったいいま、自分はなにを期待していたのだろう。

――いや、『迷惑な相手』からはずいぶんと昇格をしたものだ……。

ただ延明が勝手に期待したものと、少しばかり方向性の乖離《かいり》があっただけだ。

延明がおのれの心を慰めていると、桃花はそういった機微にはまったく気がつかない様子で、「それで」と真剣な表情で話しはじめた。

「事件に関してなのですけれども、わたくし、掖廷で検屍をしてまいりました」

まさか梅婕妤《ばいしょうよ》の、と思って腰が浮きかけたが、三区にて掘りだされた呪具の片づけを命じられ、怪死した婢女《はしため》だという。

「そういえば訊問《じんもん》中、蠱気《こき》にあたって死んだ者がいるという話は耳にしましたが、桃花さんがその検屍にあたっていたとは」

「公孫さまが掖廷に運びこみ、しっかり確保をしていてくださったのです」

「それで、怪死の原因とは」

「毒――砒霜《ひそ》ですわ。呪具には砒霜が染みさせてあったのだと思われます。それが燃焼によって煙となり、至近距離にいた婢女が曝露《ばくろ》してしまったものであると鑑定いたしました」

砒霜、と口のなかでくり返す。

つまり呪具には人ひとりの命を巻き込んでまで、巫蠱《ふこ》を裏付けるための細工がされていたのだ。残忍なことを、と奥歯を噛《か》みしめる。

「……桃花さん。砒霜と言えば、じつは梅婕妤もなにかの中毒死であった可能性が高いと、そう私は考えています」

「ええ。おそらくその線が濃厚なのだろうと想像しておりました。毒を使用しても、今回は延明《えんめい》さまを捕らえ、掖廷を機能不全にするつもりであったのでしょうから、検出を妨害できると考えたのでしょう」

延明にも容疑をかけてしまえば、掖廷がなにを言ったところで信憑性《しんぴょうせい》が疑わしいと一蹴《いっしゅう》することができる。婢女が医官立ち合いのもとで検屍されてしまったのは予想外だったのだろうが、いまのところ敵の思惑はうまくいっていると評さざるを得ない。

「延明さま。お疲れのところ申しわけないのですけれども、事件について、くわしくお話をうかがっても？」

「もちろんです」

悔しさにまみれる意識を切り替え、記憶をたどる。――たどるもなにも、まだ同日のことだ。鮮明な自信があった。

「異変があったのは午《ひる》でした。中宮《ちゅうぐう》で働く点青《てんせい》から急報があったのです。太卜令《たいぼくれい》が巫《ふ》覡《げき》を連れて中宮へ押しかけてきた、と」

太卜令は、男である。皇后の領域に勝手に侵入することまかりならないため、この時点でなにか帝《みかど》の許可があったと思われた。

なにごとかと驚き、延明も探りを差し向けると、太卜令らは帝の命にてなにかをさがしているようであるとわかった。しかもかれらは中宮を荒らしたのち、すぐさま後宮へと押しかけた。後宮を管轄する掖廷には、なんの連絡もなしにである。困惑しているところへ到着したのが、太子からの文だった。延明はそこでようやく巫蠱疑惑の上奏があったことを知ったのだ。

「そのころちょうど掖廷には来客がありました。私がたまたま呼んでいたのですが、太医令の夏陀《かだ》という者です。彼と話をしている最中、三区にて呪具が発見されたとの報があり……」

「皇后さまの花押《かおう》があるという偶人《ぐうじん》ですね」

「ええ。巫蠱をでっちあげて娘娘《ニャンニャン》を陥れるためのものです。私は梅婕妤が仮病を演じるつもりだと考え、夏陀をつれて昭陽殿《しょうようでん》へと向かいました。そこで発見したのが、梅婕妤の遺体です。まだ温かく、倒れて間もないようでした」

そういえば、と延明は補足する。

「梅婕妤は死亡の直前まで、張傛華《ちょうようか》と田寧寧《でんねいねい》とともに食事をしていたようでした」

「食事中にお倒れになったのでしょうか？」

「いえ」

正確に話さなければならない。予断は必要ないのだと、気を引き締める。

「梅婕妤は飲食の途中で、巫蠱の痕跡《こんせき》が発見されたという報《しら》せをうけたようです。自身が呪われていたと知り動揺したのか、ひとりになりたいと告げて離れにこもってしまったそうで、そのあとなにがあったのかはわかりません。――私と夏陀が発見したときには、婕妤は水がぬかれた池のなかほどに倒れていました」

離れと延明たちがいた建物は、池を挟んで向かい合っていた。そのちょうど中央に大きな岩があり、遺体はその陰に倒れていた。ただ当時は帳《とばり》が降ろされており、池の様子は遺体を発見する直前まで臨むことはできなかったと説明する。

「なにか、悲鳴や助けを求める声をきいたようなことはなかったのでしょうか？」

「私としてはなにもきいていないと思いますし、田寧寧らもそのようなことは口にしてはいませんでした。奏楽もあったのできこえなかった可能性はあります。その後すぐに現場を保存し掖廷官《えきていかん》を呼び寄せ、検屍にとりかかりました。捕らえられてしまいましたので、途中まではなってしまいましたが……」

悔しさがこみあげる。一旦《いったん》息をついて気持ちを落ちつけ、記憶のかぎりを桃花《とうか》に伝える。

「まず、ぬくもりが非常に濃くのこった遺体でした。どこにも硬直はなく、死後まもなかったと思われます。外傷は、左の肘《ひじ》に擦過《さっか》をともなう打撲、右手甲の第三関節あたりにわずかな出血をともなう些細《ささい》な傷があったのみ。どちらも生存中についたもので、ほかに外傷は見受けられませんでした。婕妤《しょうよ》は岩に縋《すが》るようにして倒れていたので、傷はその際についたものだろうというのが、検屍官の見立てです」

婕妤の遺体は、殴打されたものでも、刺されたものでも、縊《くび》られたものでもなかった。いずれの痕跡も見受けられなかった。だが、

「重要な所見としては、嘔吐《おうと》の痕跡がありました」

「毒の検出はどうであったのでしょう？」

尋ねられて、延明は首を力なく横に振る。そこまでは、できなかった。

「では、口角や鼻にあぶくはありましたでしょうか？」

「口にあったのは嘔吐の痕跡です。鼻にもあぶくはありませんでした」

「目は開いて確認をなさいましたか？　左右で向いている方向がちがうなど、眼球に異常は？」

「ありません」

「下痢症状や、糞便《ふんべん》の漏出はどうでしょう？」

「尿の失禁はあったようでしたが、下半身が泥につかっていたため量はわかりません。糞便はわずか。下痢のようなはげしい漏出ではありません」

自信を持って返答すると、桃花は静かにうなずいた。

「わかりました。延明《えんめい》さまからのお話をきくに、いまのところは毒物を口にした疑いが強いようだと言ってよいかと存じます」

「砒霜《ひそ》ですか、冶葛《やかつ》ですか？」

桃花は毒死だとは断言しなかったが、延明はやや前のめりになって尋ねた。

二種類に絞ったのは、婢女《はしため》の件で砒霜が使われていたから。そして冶葛をあげたのは、司馬雨春《しばうしゅん》が持ち込んだ冶葛がまだ後宮内にあるのではないか――そのような話をして、先月から点青とともに警戒をしていたところだったためだ。

「断定はできませんけれども、そのふたつでしたら冶葛のほうが疑わしいかと存じます。ただ……」

「ただ、なんです？」

「どちらにしても、どのように、という疑問がのこってしまいますけれども」

桃花は深く思案する表情で、口もとに手をあてる。

「わたくしの知るかぎり、婕妤さまはつねに毒殺に十分な警戒をしてらしたのです。

食事の前にはかならず嘗毒《どくみ》をさせ、飲食に銀器を用いないことはありませんでした。無味無臭の毒といえば砒霜ですけれども、砒霜は銀器に反応をいたします。冶葛は銀器に反応をいたしませんけれども、味があるのですわ」

「味ですか」

毒の味など、考えたことがなかった。

「はい。冶葛は五味でいうところの『辛』にして『温』なりと申します。ひそかに飲食物に混入するにはむずかしいものであり、婕妤さまが平気で口にし、飲みこんだとはとても思えないのですわ」

「しかし、李美人《りびじん》の事件のときには病児《へいじ》、それに高莉莉《こうりり》が口にしています」

「病児さんが口にしたのは、高級酒に混入した冶葛であったと記憶しております。高級酒は強いお酒ですので、冶葛の味は消されてしまっていたでしょうし、病児さんは高級酒の味の違和感に気がつくほど飲み慣れてはいなかったと思われます。高莉莉さんの場合はお茶とのことでしたので、茶葉に混入があったのでしょう。煮出しですので、粉末を飲むよりは違和感が少ないかと」

しかし梅《ばい》婕妤ならばどちらへの混入にもすぐに気がつくはずだ、と、桃花は断言した。口にするものへの警戒心が強く、味にもうるさいという。梅婕妤の侍女であった桃花が言うのならば、そうなのだろう。

「とはいえ、婕妤さまが毒を口にしたであろうことに変わりはありませんけれども」

「梅婕妤の舌をごまかして冶葛を飲ませたか、あるいは目をごまかして砒霜を飲ませたか、というわけですか。ちなみに、まったくほかの毒物である可能性はどうなのでしょう？」

「飲食物に混入できるほど少量で、かつ日を置かず死に至らしめる劇毒は、そう多いものではありません。たとえば莨菪《ハシリドコロ》などは、しっかり一食分のおひたし程度必要ですし、死亡までずっと時間を要します。附子《ぶし》でしたら、生で食べれば冶葛に近い短時間での致死性が得られますけれども、こちらも特有の味がありますので、どうやって口にさせたかが問題になります。嘗毒を経なかったのはなぜかという疑問もやはり立ちふさがるでしょう」

説明をし、桃花は「毒物の種類より、どうやって飲ませたのかが重要」と締めくくった。

なるほど、と感心しながら延明は腕を組んでうなる。

やはり舌をだますなら砒霜だろうか。味があれば警戒されてしまう。

しかし砒霜では銀器が変色してしまう。どうやって梅婕妤に銀器を使わせぬようにしたのか疑問がのこる。むしろ銀器を使わぬように仕向けられたなら、かえって警戒されてしまいそうなものだ。嘗毒の問題もある。

考えてもそう簡単に答えは出ない。

――せめて、

「婕妤さまの検屍《けんし》ができましたなら」

刹那《せつな》、延明が思ったものとおなじ言葉が桃花《とうか》の口から出て、驚いた。

しかし、口惜《くや》しさにまみれていた延明のそれとはちがい、桃花の声に満ちていたのは強い意志だ。

「かならずや死の謎を究明し、延明さまを解放いたします。それまでどうか……」

つづく言葉は「お待ちください」だろうか。それとも「ごぶじで」だろうか。末まで言わず、小さな灯燭《あかり》に照らされた桃花の目が、まっすぐに延明を見つめた。

「桃花さん」

こういう目をする時の桃花が、もっともうつくしい。

不潔の極みである牢獄《ろうごく》で、それをいまさら痛感する。

「……あぁ、あなたは覚えているだろうか。私が死体となったあかつきには、それはもうじっくりと歯の一本一本まで見つめてくださるとおっしゃったことを」

「覚えてはおりませんけれども、間違いなくそのようにはいたしますわ」

想定通りの答えだ。ふつうならばここは死の不安を払拭《ふっしょく》したり、不謹慎さをなじったりする場面だろう。否定をしないあたりが、とても桃花らしい。

そう小さく笑ったところで、「ですが」とつづいた。

「どうか、生きてくださいませ。ここから出て、こんどこそ月見をご一緒いたしましょう」

やわらかく、温かい声音だった。

どうにも堪《こら》えきれない衝動が湧きあがり、思わず手をのばす。

けれども、すんでのところで延明《えんめい》の手は空を摑んだ。桃花は立ち上がり、「また参ります」と告げて牢獄をあとにする。

獄舎の扉が閉まり、ふたたび深い暗闇がおとずれた。

延明は仰向けに寝転び、届かなかった手を天井へと慰みにのばしてみる。

もしこの手が届いていたなら、いったいどうするつもりだったのか。おのれでもわからない。

むしろ、届かなくてよかった。そう苦笑して、宙にのばした手を見つめていると、ふとその向こうに線状の光があることに気がついた。天井がそのまま屋根板という雑なつくりで、その間隙《かんげき》からわずかに星明りがのぞいているのだ。

――漆黒の暗闇と思っていたが、思わぬ常夜灯があったようだ。

ふしぎといまは心が凪《な》いでいて、延明はのこりの食事などを鼠に齧《かじ》られぬよう懐にしまいこむと、穏やかな気持ちで眠りについた。

第二章　毒と仙薬

「――扁若《へんじゃく》。梅婕妤《ばいしょうよ》のご遺体を調べなおせ、だそうだよ。毒殺の疑いありだそうだ」

未明のことだ。帝《みかど》の使者に叩《たた》き起こされ、師のもとまで案内させられたかと思ったら、運んできたのはそんな命だったのか、と扁若は口を曲げた。

「そんな顔をするものじゃない。大家《ターチャ》も難しい舵取《かじと》りをなさっている」

「わかっています。大家は天寿と向きあわなくてはならないでしょう」

極秘だが、帝は病だ。

治癒がむずかしく、いずれ崩御を見据えなくてはならない状態にある。とはいえ、それが十年さきなのか、数年内のことなのかは見当がつかない。

梅婕妤がなぜ死んだのかはさておくにしても、今回の事件は帝にとって、政権運営に必要な梅氏をとるか、太子を擁する許《きょ》氏をとるかの大問題である。

梅氏をとれば許皇后は廃后、太子は廃太子のながれとなるだろう。あらたな皇后がだれになるかは見当がつかないが、おそらく蒼《そう》皇子が太子となり、梅氏の権勢はつづく。帝は梅氏の後援によって、このまま死の間際まで安定した治世を築くことができるだろう。

ただ、その選択肢の懸念は、病の進行が早かった場合にある。

政《まつりごと》が思い通りになったとしても数年内に崩御すれば、蒼皇子は未加冠、成人前である。幼帝の誕生に国は大いに乱れるにちがいない。だがもしこのとき、蒼皇子ではなく現在の太子が国を継いでいたなら、混乱は避けることができるだろう。

帝はどちらを選択するのか。まさに難しい判断を下すことになる。しかし、

「正直、どうでもいいです」

扁若は言い捨てた。

「僕は夏陀《かだ》さまにもっと寝ていてもらいたいだけなので。まだ暗いし、下僕が働きだす頃合いです。長官が起きるには早すぎます」

「秋の養生法とは、鶏とおなじ時刻に寝起きすること。心を安らげ陽気をひそめ、粛《しゅく》清気《せいき》の影響を和らげるべしという。まぁ、やや早いけれど、悪くはないよ」

でも、と言いたくなるのを扁若はこらえた。師、夏陀は一日でも長く生きたいと願い、養生法にはこだわっているのだ。悪くはないというならば口は出せない。

扁若は夏陀の身じたくを手伝い、すぐ目の前にある太医署《たいい》へとともに向かった。

帝以外にはまるで関係のないことだが、太医署は内廷にふたつ存在する。本署はここから離れた少府《しょうふ》という官衙《やくしょ》のなかにある。いっぽうこちらは独立し、後宮や中宮《ちゅうぐう》、帝の燕寝《えんしん》から比較的距離が近い。これは内廷という禁中に入れる立場ながら、少府の

長も太医令も宦官《かんがん》とは限らない官職であるためだ。すなわち太医令が男である場合は本署が使われ、宦官である場合にはこちらの分署がおもに使用される仕組みである。

正確に言えば夏陀は宦官ではないのだが、生殖のうえで男ではないと判断がされ、分署を使用する運びとなっていた。

なお、先代の太医令は男である。四年ほど前、梅婕妤の流産を防ぐことができなかった咎《とが》にて受刑し、帰らぬ人となってしまったが——。

「…………」

扁若は医官の命の軽さを苦く思いながら、夏陀の背を見つめた。

一日でも長く生きたいと願う夏陀が医官だなど、なんと皮肉なことかと思う。四年前のように、治療を命じられた後宮の貴人、または帝本人になにかあれば、夏陀の命もそこで終わりなのだ。ひ弱な夏陀は、笞刑《ちけい》にすら耐えきることかなわぬだろう。受刑をして死ぬか、病と闘って死ぬか。扁若が敬愛する師の余命は、どちらにせよあと数年内とみて間違いない。

悲嘆を胸のなかで押し殺しながら、扁若は夏陀とともに署にあがり、そのまま薬庫へと足を踏みいれた。保管された薬を点検するのが、ふたりでおこなう朝の日課だった。

まずは生《なま》——生きた生薬からだ。生きたまま体内に摂取するわけではないが、生体のまま管理しなければならない薬が存在する。夏陀はずらりと並んだ甕《かめ》の中をのぞきこみ、うちひとつに手を入れた。取りだしたのは甲虫《かぶとむし》の死骸《しがい》ふたつである。立派な角があるのが雄、ないのが雌。つがいで飼い、腐葉土を敷いた甕のなかで産卵をうながしていたのだが、使命を終えて力尽きたようだ。この死骸は粉に挽《ひ》くことによって薬となる。蟯螂《きょうろう》といい、難産の際に使用するものだ。場所柄多く使用するので、こうして繁殖させて量を保たねばならない。これも医官の仕事である。

扁若がそれを巾《きん》で受けとると、夏陀はつぎの甕へと移る。生の材料は水蛭《すいてつ》（ヒル）のような小さいものもいれば、甕には入らず小屋まで用意された家雁《がちょう》や鴨までと、さまざま存在する。

生きた生薬の点検が終わると、つぎは壁一面にずらりと並んだ抽斗《ひきだし》をあけての、乾燥生薬の点検である。黴《かび》は生えていないか、傷んでいないか、盗難にあっていないかの重要な確認作業だ。

「――うん？」

踏み台を使用して上段から順に抽斗を引きぬき、黙々と点検を進めていた扁若は、ある生薬をごそっと秤《はかり》にかけたところで、思わず声を上げた。

――きのう量ったときよりも軽くなっている。

帳簿など見なくとも覚えている。六寸強ほどのひからびた棒状の肉は、宦官による盗難を警戒する生薬のひとつだ。名を『狗精《くせい》』といい、帝の強壮剤となるものである。

性を切り取られた宦官にとっては無用の長物と思われがちだが、じつはちがう。これは宦官にとって特別で、のどから手が出るほど欲しいと思わせる仙薬でもあるのだ。

警戒しながら一本二本と数をかぞえる。在庫は合っていた。ところが、鼠に齧られたような欠けがいくつも発生している。

扁若《へんじゃく》はもしやと思いつつ、もうひとつ生薬を取りだした。『白馬茎《はくばけい》』、こちらも盗難の標的となる生薬である。確認したところ、やはり鼠害《そがい》のような欠けが発生していた。

扁若は腰に手をあててうなった。鼠か、盗難か、判断の難しいところだ。『狗精』『白馬茎』は、〝玉茎再生薬〟の材料とされている。朝に散薬、夜に煎《せん》じ薬を毎日服用することで、切りとられた外性器が回復するという仙薬だ。各生薬の正確な調合は不明だが、藁《わら》にもすがる思いで欲する宦官があとを絶たない。

「夏陀さま、どう思われますか」

扁若はふたつの生薬を夏陀に見せて判断をあおいだ。

夏陀は生薬を見、それから抽斗を矯《た》めつ眇《すが》めつする。

「あぁ、抽斗の奥の部分が少しけずられているね。このていどのすき間があれば、鼠は入ってこれてしまうな」

参ったね、と夏陀が眉《まゆ》を八の字にするので、扁若は員吏を呼びつけ、大至急であたらしい抽斗を作成するよう命じた。自身は猛然と駆けて罔草《もうそう》と粟《あわ》を用意し、殺鼠団子を作成する。

「夏陀《かだ》さま、署内の猫を増やしましょう。この団子もばら撒《ま》き、鼠を根絶してやります」

敬愛する夏陀を困らせるものは、鼠であってもゆるさない。扁若の信条だ。

夏陀が「猫が増えて爪とぎ跡だらけになるのも困るなあ」と笑うので、「ではやめます」と即答した。

殺鼠団子を配置し、生薬の点検にもどる。太医《たいい》によってはまだ寝ている時間だが、扁若は師とふたりきりのこの時間が好きだった。薬の話、あたらしい治療法の話など医官らしい話題から、日常の話までさまざまなことを語らいあう。人生でもっとも穏やかな時間である。

扁若が貪婪《どんらん》であった両親を話題にのぼらせたところで、要報告を思い出すことがあった。

「そうでした。夏陀さまにご報告を。さきほどもまた署の門に不審な荷が届いていたのでした」

とたんに、穏やかだった夏陀の表情が硬くなる。

「間違いなく処分したかい？」

「当然です。われら太医を金品で懐柔しようとする愚か者は、殺鼠団子でも食べて死ねばいい」

「金持ちだろうから、殺鼠団子は食べないだろうなあ。しかし困ったものだ……」

夏陀宛てで差出人不明の荷が届くのは二度目で、あれには金品が詰まっていることを扁若は知っている。一度目はきのう届いたので、もちろん処分した。

どう考えても黒銭《わいろ》で、梅婕妤の遺体の調査に手心を加えるようにという意図だろう。

「巫蠱《ふこ》騒動などを起こした愚かな人物の大誤算は、夏陀さまの存在ですね」

「どうしてだい？」

「夏陀さまの中立性は不動です。あのような買収は通じません」

扁若の両親は醜いほどに貪婪――金の亡者だった。治安をあずかる亭長《ていちょう》という立場にありながら、黒銭ですべてを左右させ、金のために姉たちに春を売らせ、はてには扁若にまで客をとらせる始末で、そのくせ食べる物もろくにあたえてくれない親だった。最後に見たのは、県の役人に検挙されそうになり、金目のものを担いで逃げるうしろ姿だ。

そうした育ちの扁若にとって、太医署のありかたは驚嘆に値するものだった。いくらでも黒銭を受けとれる立場にありながら一銭も受けとらないのだ。なかでも夏陀の信念はゆるぎなく、このひとのそばにいれば、屑《くず》であった両親の血を引く自分でもまっとうに生きることができる、そんな気になれた。

扁若にとって、夏陀は敬愛するすばらしい師であり救いであり、生きかたの目標でもある。

しかし夏陀は、どうだろうねえと笑った。

「寿命がほんとうに延びる薬があるなら、飛びついてしまうかもしれないなあ」

だってそんなものはありません、と扁若は心のなかだけで言う。

夏陀は寿命を延ばすために太医になった。宮廷ならば世のあらゆる珍薬から伝説の養生法まで手に入るからだ。しかし結局、夏陀はおのれのうちにある病の影を消せてはいない。帝《みかど》に対してもそうだ。すなわち、この世に養命長寿の妙薬など存在しないということである。

「それにね、一番の誤算は僕ではなく、やはり大家《ターチャ》だよ。きっと黒幕としては、巫蠱《ふこ》の捜索にあたった太卜令《たいぼくれい》にすべて一任されるのを望んでいたんじゃないかな。けれど残念ながら、大家は太医署を選んだ。婕妤《しょうよ》の遺体も氷蔵するよう命じられたことだしね」

「つまり夏陀さまが信用されている証《あか》しでしょう」

梅婕妤の死亡を知った帝は、すぐさま遺体の管理を太医令夏陀に命じた。太卜令らが自分に一任してもらえるよう願い出たのを一蹴《いっしゅう》してのことである。扁若としては鼻が高い。

しかし夏陀は暗い表情で、重い息を吐いた。

「ぜんぜんうれしくはないけれどねえ……」

「そうですよね。そのとおりです。まったくうれしくはありません。僕たちは死体を調べるのが仕事ではありませんからね。まったく、なんて迷惑な！」

「さて、そろそろ朝餉《あさげ》を食べに行こうか」

夏陀が立ちあがり、思い切り腰をのばす。万が一の転倒に備えて扁若《へんじゃく》が手を添えようとしたところで、大変だ、と叫ぶ声が耳に届いた。

「だれかきてくれ、死んでる……白苔《はくたい》が死んでいるぞ！」

＊＊＊

夜明けとともにきびしい訊問《じんもん》がはじまる。

そう覚悟をしていたが、朝餉として羹《あつもの》とすら言えないほどに粗末な豆汁が出されたあと、とんと音沙汰《おとさた》がない。

「延明《えんめい》おまえ、飯食わないのか？　なら遠くに捨てろ。鼠がわんさか寄ってきて汚いだろ」

となりの牢《ろう》の点青《てんせい》がいやそうな声で言う。見えないのによくわかるなと感心したが、鼠の声がうるさいのだという。たしかに、若い鼠が数匹、椀《わん》のまわりで餌をめぐって争っていた。

延明としてはうるさいという感覚よりも、毒は含まれていなかったのだなという安《あん》堵《ど》感《かん》のほうが大きい。毒の有無にかかわらず食べる気はないが、鼠の命でおのれの寿命を許ろうとしているのかもしれない。

「そういうあなたは食事をどうしたのです？」

「半分を隅に捨てて、鼠に嘗毒《どくみ》させてから食った。腹を満たさないと一日耐えきれないだろ？」

「どうせ吐きますよ。きのうは杖《つえ》でしたから、きょうはおそらく焼き鏝《ごて》です」

「吐くまでに腹のなかで少しでも多くこなしておきたいんだよ。豆じゃ消化に悪そうだがな。……だいたい老猫が持ってきた飯が少なすぎる。俺のぶんを用意していないとか、薄情すぎるだろ」

「おなじ場所にいると知らなかったのでしょう。彼女のことですから、つぎはあなたのぶんもきちんと持ってきますよ」

「おまえに会うついでにな。俺はついで程度の男かよ」

それ以上だったらおかしいだろ、とは、心の中だけでつぶやいた。変に矜持《きょうじ》を刺激して、桃花に対して妙な態度に出られても困る。

「――それにしても、いつまで俺たちは自由時間なんだ？」

「なにかあったのかもしれません。とはいえ、よいほうには期待しないほうが無難でしょう」

わかってるさ、と点青が答えたところで、閂《かんぬき》の動く音がした。

手早く済ませろよ、という声がきこえる。その言葉からとっさに連想したのは、『始末』の文字だ。延明の始末を手早く済ませろ――。

内臓がじわりと緊張を帯びる。が、つづけてきこえた「つぎくるときは倍だぞ」という言葉に胸をなでおろした。黒銭《わいろ》に関する要求のようだが、始末しにきたのならば、つぎなどあるまい。延明らへの訪問者が賂《まいない》を払い、牢番に通してもらったのだろう。

延明は桃花《とうか》を期待したが、あらわれたのは小間使いの童子だった。点青の牢のまえを小走りで通過し、駆け寄ってくる。

「延明さま！」

鉄格子に体当たりをする勢いだったので、あわてて延明も手をのばした。しかし枷《かせ》のついた両手では、受けとめてやることもできない。その様子をみた童子は顔をゆがませ、わっと泣き出してしまった。

点青は拗《す》ねたようで、「俺にはだれも会いにこない」「俺も子どもを育てればよかった」などとわけのわからないことをぶつぶつとつぶやいている。

しばらく小さな頭をなでてやると、ようやく落ち着いてきた童子が、みずからぐいと涙をぬぐった。

「……ぼく、これをお届けにきたんです」

そう言って、ずっと大事に抱いていたものを差しだす。きれいにたたまれた着がえだった。

「ありがとう。助かります」

延明が汚れて湿った衣を脱ぐあいだに、童子は点青にも着がえを差しいれる。

「みな元気ですか？　華允《かいん》は？」

「元気じゃありません。みんな娘娘《ニャンニャン》と延明さまを心配しています。……華允さんなんて食事ものどを通らないみたいで。今朝なんて、顔色がひどかったです」

「それは……悪いことをしましたね」

「延明さまはなにも悪くありません！　なにも……っ」

童子がまたぽろぽろと涙をこぼす。ぬぐってやりたかったが、手が清潔とは言い難い。すこし考えて、受けとったばかりの着がえで涙をふいてやる。

おや、と思ったのは、手のなかの布地に違和感があったからだ。付け衿《えり》部分に異物感がある。もしやと思ってさぐると、内側に文《ふみ》がしこまれてあった。

「これは……」

差出人は董《とう》氏――河西《かせい》の名士だ。以前、東宮での宴《うたげ》にて顔をあわせ、その後、馮充依《ふうじゅうい》の無理心中事件を調べるよう依頼をしてきた人物だ。延明《えんめい》を「刑余《けいよ》の者」「宮人」などと蔑《さげす》んでいた男だったが、文の内容は太子の現状、および外朝での主だった官の動きを報告するものだった。

「どうした、延明？　見えないんだから説明くらいしろ」

「河西の董氏が、外の様子を届けてくれました。太子はやはり、蟄居《ちっきょ》を命じられて身動きが取れないようです」

「蟄居だぁ？」

「しばらくまえに近邑《きんゆう》を視察されたことがあったのですが、その際に横暴をはたらかれたと邑人から訴えがあったようです。精査が終わるまで蟄居を命じられているとのこと」

点青《てんせい》は絶句しているようだが、延明はやはりという思いだ。

「ちなみに梅《ばい》氏ですが、娘を失ったことを嘆き悲しみ、怒り狂っていると。巫蠱《ふこ》をおこなったとされる皇后の罪を問い、廃位を求めて上奏をつづけているそうです。これは梅氏だけでなく、朝廷多数が同調しているようですね」

「……それで？　梅氏はついでに太子を廃して、孫の蒼《そう》皇子を立太子するよう求めてるってか?」

「その動きはいまのところないと書かれています」

皇后を廃し、皇太子を廃し、さらに蒼皇子の立太子を求めるようであれば、だれの目にも事件の黒幕は梅氏だと映るだろうが、いまのところ求めているのは『娘を殺した皇后の廃位』だけなので、なんとも判じかねる。だが好機ではあるので、梅氏がこの件に関与しているか否かにかかわらず、いずれ求めてくるだろう。

「延明さま、董さまはこれだけでなく、子弟や儒者を束ねられ、延明さまの解放を求めて動いてくださっています」

童子の言葉に、少なからず延明はおどろいた。名士と儒者との間には深いつながりがあるが、あの董氏がそこまでしてくれるとは。

儒者か、と感心したのは点青もおなじようだった。

「ちょっとまえに梅氏も使った手で二番煎《にばんせん》じだが、悪くない」

儒学は国の根幹である。帝《みかど》は儒者をおろそかにはできず、名士の存在を無視することもできない。

「自己保身を求めず、清廉潔白をつらぬくやつらから見れば、おまえは権力の闇に二度も翻弄《ほんろう》される救うべき相手に見えるだろうよ」

「見えるのではなく、事実その通りですが」

「で、ちび。効き目はどうだって？」

「おふたりの待遇を改善する向きがあるそうです」

ちびと呼ばれたことには少し困った表情を見せたが、童子は希望の宿る声でそのように報告した。

「それだけかよ」

「あと公孫《こうそん》さまからの情報ですが、蠱気《こき》が砒霜《ひそ》であったことの結果をうけて、大家《ターチャ》が梅婕妤《しょうよ》の件も入念にしらべるよう、太医令《たいいれい》に命じたらしいです」

ほお、と点青が明るい声を上げる。

「これは、いい風が吹いてきたんじゃないか？　このまま夏陀《かだ》が解決してくれるかもしれないぞ」

「そのようにうまくは行きませんよ」

梅婕妤が巫蠱ではなく、べつなる方法による他殺だったと判明したとしてもだ。つぎはその犯行が皇后の指示ではなかったとの証明が必要となってくる。毒殺だと鑑定されたなら、帝が納得するような毒殺犯を挙げなければ、無実とはならないだろう。

梅氏も朝議を止め、娘殺しの犯人への迅速なる厳罰を要求してくることは必至で、帝が政権運営のために皇后を廃することで手打ちにしようとする可能性はけっして低くはない。

帝にとって重要なのは円滑なる政《まつりごと》であり、これにもっとも貢献しているのは現状、梅氏一族なのだ。皇后許《きょ》氏の一族は一時権勢を誇ったものの、いまや凋落《ちょうらく》してしまっている。

「ここを生きて出るには、黒幕をつきとめなくてはなりません」

童子が去ったあと、しばらくして点青がふと「そういえば」と口にした。たがいに事件について解決の糸口を探るべく、黙考していたときのことだ。

「今回の事件、三区で巫蠱につかわれたらしい大量の呪具が見つかって、そこに娘《ニャン》娘《ニャン》の花押がしるされていたんだよな。それで、娘娘に濡《ぬ》れ衣《ぎぬ》が着せられた」

「ええ。花押など、どうせ贋《がん》作《さく》師でも雇って書かせたものでしょう」

言ってから、否、と思う。

「……それだと、作成したあとで外廷から後宮へと呪具を運びこまなくてはなりませんか」

「だろ？　困難だ。呪具の『偶人《ぐうじん》』は内廷でつくられたもののはずなんだ。――それでだが、俺には思いあたるものがあるぞ。護符だ」

延明はのどの奥であっと短い声を上げた。

皇后の護符。死王事件を機に、皇后の評価を高めるために女官らに配っていた小さな木牌《ぼくはい》だ。あれにはたしかに、複製防止のための花押がしるされていた。

「あれを人型に削れば『偶人』のできあがりだろ。形がいびつだろうが、関係ない。蠱気だって騒いで掘って出てくりゃ、なんとなくそれっぽい形で呪具と言い張れるだろ。俺なら、ついでに呪いの言葉を書き足しておくくらいはするかもな」

言ってから、点青《てんせい》は悔恨の滲《にじ》んだ重い息を吐きだした。

「……護符が使われたんだとしたら、俺の失態だ。調子にのって、ばら撒《ま》きすぎた」

たしかに、死王事件のあとも点青は護符を配っていたようだった。以前、帰蝶公主《きちょうこうしゅ》をさがしていたときもそうだった。しかし――

「ちがいますよ、点青。私の責です。護符を配ることを最初に提案したのは私です」

「おまえはあまりばら撒くなと俺に忠告していた」

「いいえ、それだけではないのです。大量の護符ときいて思い当たる節があります。おそらく今回、呪具として埋められていた護符は、掖廷《えきてい》から盗まれたものである可能性が高いかと」

「掖廷？」

「掖廷獄です。火災に遭った当時、あそこの暴室《ぼうしつ》にはまとまった数の護符が保管されてありました。呂美人《りょびじん》の女官らの私物です」

思い至ったのは、おなじ話を桃花《とうか》とした記憶があったからだ。

以前、三区の井戸にて腐敗した宦官《かんがん》の死体が見つかり、その検屍《けんし》をしたあと、織室《しょくしつ》にて鯉料理を食したときのことだ。桃花のほうから護符の話を振ってきたのだ。

あのあと桃花は鯉の目玉をおいしそうにしゃぶって――などと一瞬余計なことまで思い出して頬がゆるみそうになるのをこらえ、説明をする。

「暴室収監の際に私物は押収しますが、呂美人の女官には娘娘の護符を持つ者が多くいました。それらは掖廷獄にまとめて置いてあったのです」

「つまりそれが、火災で焼失したのか、そのどさくさに紛れて盗まれていたのかわからないってことか？」

「はい。面目のない話ですが」

「……すると、付け火は司馬雨春《しばうしゅん》の口封じと護符の調達、このふたつを目的としていたとも考えられるな」

「本命はやはり司馬雨春でしょう。護符は手に入れば上々程度であったのかもしれません。もしくは、暴室には盗人がいましたので、あれが勝手に盗み出し、その後たまたま黒幕の手に渡ったものである可能性も考えられます」

「盗人？」

「囚人の衣類や物品を横領し、勝手に売りさばいていた宦官がいたのです」

たまたまそれが帰蝶公主の事件をひもとくきっかけになったが、ゆるす理由にはならない。すでに罰を下したうえで過酷な下水処理係りへと異動させていた。

「ほかに火事場から盗まれたものはないんだろうな？」

「……わかりません」

延明《えんめい》は正直に答えた。

人や金銭ならば燃え残る。だが衣類や、それこそ護符のような木製のものは確認が難しい。ないとは思いたいが、断言することはできなかった。

「……ん？」

「延明？　どした？」

「いえ……」

否定しつつ、ふと引っ掛かりを覚えた。この問答、既視感がある。火事場から盗まれた物はないか、とたしか延明のほうが問うたのだ。が、記憶が正しければ、かつての問答の答えは「ありません」という断言だったように思う。

焼失と盗難。火災現場で容易に区別のつくものではない。なのになぜ、彼はないと断定して返答をしたのか。

奇妙な違和感を抱きながら、相手の顔を脳裏に思い浮かべる。野犬の仔のような、周囲への警戒心がにじんだ表情をした少年。小生意気に思える顔立ちながら、仕事に積極的にかかわり、一所懸命にがんばる姿をずっと見てきた。

——華允《かいん》……。

ただ適当に返答をしただけなのかもしれない。なのになぜ、これほど気になってしまうのだろう。

「…………点青《てんせい》、『他物《たぶつ》』とはなにか知っていますか？」

「タブツ？　ブツ……仏像？」

「死んでください」

「なんでだよ⁉」

「うそです。仏《ぶつ》ではなく物《ぶつ》、『他の物』と書いて他物です」

「じゃあ意味なんて字のまんまだろ？　ほかのもの」

「ですよね」

なんだよくわしく教えろ、とまだなにか言っている点青を意識の外に締めだして、延明は目を瞑《つぶ》った。

——他物とは、律用語だ。太学《たいがく》を経ていない点青が知るはずがない。

桃花との会話では〝刃物以外の凶器〟を指す律用語として自然と出てくるが、彼女以外との会話で耳にする機会はまずなく、この数年を思い返しても記憶にはなかった。あるいは単に忘れているだけなのかもしれないが、ただ一度、ひとりだけ、口にした人物を延明は覚えている。……華允だ。

まだ手もとに置いたばかりのころ、刃物がつき立った焼死体として発見された宦官、大海《たいかい》を検屍したあとのことだ。傷は死後に刺されたものであると判明し、なぜそのようなことをされたのかとふたりで話し合っていたとき、たしかに――

「……っ」

自己嫌悪に駆られて、延明は両手で顔を覆ってうつむいた。

愚かしい。延明との問答をわずらわしく思って「ありません」と適当に切り上げただけの少年を怪しみ、ただ一度口から出ただけの律用語に引っ掛かりを覚えている。

こんなものは、こじつけにすぎない。そもそも、あのとき華允は律用語として口にしたのではなく、点青が言ったように〝他の物〟という意味合いで使っただけかもしれないではないか。

ぐしゃりと、乱れきった前髪を鷲摑《わしづか》みにする。

――ほんとうに、なんと愚かしいのか。

自分でもわかっている。当時、なんとなく違和感を持ったからこそ、ふた月も前の会話などいつまでも執念深く覚えているのだ。おかしいと思った。いまも思っている。夜中の無断外出も、ほんとうに悪夢から逃れるためだったのか。本人がそう口にしただけに過ぎないことも、わかっている。

――だが、あれはよい子どもだ……。

華允は宮廷にて官婢《かんぴ》の子として生まれ、選択の余地もなく身体の一部を切り取られて宦官《かんがん》となり、労働とともにあまりにも苦難の十六年を歩んできた。

苦痛と困難にまみれて生きてきた少年を、愛し守ってやれるのは、延明ただひとりしかいないではないか。

だがそうは思うものの、延明はいつまでもその姿勢のまま、顔を上げることもできなかった。

＊＊＊

「大変なことになったわね……」

朝餉《あさげ》をとりながら、才里《さいり》は昨晩から何度目かになる言葉をつぶやいた。労働者である織室《しょくしつ》女官らにとってはあわただしい朝、身じたくの済んだ者から順に朝餉をとりに厨《くりや》にやってくる。混みあうなか、みな急ぎ食事をかきこんで器を片づけるのだが、手際のよい才里にしてはめずらしくもたもたとしていた。麦飯は食べ終えたが、匙《さじ》が羹《あつもの》のなかを泳いでいる。

周囲からは、「あの梅婕妤《ばいしょうよ》が呪い殺されたんだって！」「しかも、首謀者は皇后さまっていうじゃないの」などの声が飛び交っている。織室中がこの話題で持ちきりだった。もちろんこの件が正式に公表されているわけではないが、それでも後宮随一の寵《ちょう》妃《ひ》・梅婕妤の死は、ひと晩明け、知らぬ者がないほどの騒ぎとなっていた。

「皇后さまが巫蠱《ふこ》だなんて……婕妤の横暴にたまりかねたんだろうかね」

同房の紅子《こうし》が食事を終え、声を潜めて言った。

「どっちが正妻かわからないようなあつかいをされてたのはたしかだけどさ」

「うーん……婕妤さま、皇后さまへのご機嫌うかがいにも行ったことがなかったし、面子《メンツ》をずっとつぶしている状態ではあったわよね」

ぐるぐるぐるぐるとひたすら匙が泳ぎ、器のなかにゆるい渦ができている。

「しかもまた三区ときたもんだ」

「そうね。きいた話だと、あの延明《えんめい》さまがわざわざ三区を閉鎖してたらしいのよね」

「ああ、皇后さまもろとも捕まったらしい。火災の件も皇后さまが指示したんじゃないかって話もあったし、火災のあとに孫《そん》延明が出火もとに着任してるってのも、なんかつながりをかんじるところだーって思われてるみたいだね」

「でもあたし、やっぱりおかしいと思うのよ。ね、桃花《とうか》」

急に話をふられて、麦飯にぶっかけようとしていた羹が少しこぼれた。

「……おかしいとは?」

「だって呪いたい気持ちがあったとして、それをわざわざ三区でやる必要ってある?

たしかに延明さまが手引きすればできるだろうけども、そんなもの、中宮《ちゅうぐう》の椒房殿《しょうぼうでん》にだって場所はいくらでも用意できるじゃないの。むしろそっちのほうが安全」

　まったくもってそのとおりだ。目で同意して、ぶっかけごはんをさらさらと口に運ぶ。正直、夏の疲れが出たのか食欲はあまりなかったが、食べなければ才里が心配する。強引に胃へと流し込んでいる状態だ。

「じゃあだれが婕妤さまを呪ったんだい？　三区は封鎖されてたんだよ」

「そんなの、封鎖されるまえから埋まってたのかもしれないじゃない。たとえば三区に住んでた李美人《りびじん》とか」

「あの方はそういう御人じゃないよ」

　李美人の女官だった紅子が、いやそうに顔をしかめる。

「梅婕妤を呪いたい妃嬪《ひひん》なんて、山ほどいるだろ。それに梅婕妤と皇后さまがいなくなって得をするのは、妃嬪全員だ。寵愛が得られるかもしれないんだからね。国母になれる可能性だって降ってくるかもしれない」

「寵愛争奪戦で一歩ぬきんでてるのは、田寧寧《でんねいねい》かしら？　男ってあたらしい女に夢中になるものだし、とんとん拍子で出世して頂点へ、なんて、けっこうもしかするかもしれないわよ」

「家格にも問題がありますし、さすがに三公の梅氏がゆるさないかと。そもそも、呪いなど存在いたしませんわ」

才里はようやく羹をたいらげて、それから桃花を見る。口のまわりをふけと言われるのかと思って袖《そで》でぬぐったが、逆に袖が汚れると怒られた。

「そういえば、あんたは幽鬼とか呪いとか、そういうのぜんぜん信じないのよね」

あきれた、とでも言いたげな表情だ。たしかにそういった思想は少数派かもしれない。

「呪いで人が殺せるのなら、とうに婕妤さまは鬼籍入りを果たしていたでしょうし、なんでしたら、すでにつぎの生を謳歌《おうか》しているころであったかと思いますけれども」

「ほら、すぐそういうこと言う」

「ははっ、でもホントだねえ！」

紅子は快活に笑って、膳《ぜん》を下げに立つ。桃花と才里もあとにつづいた。

連絡係りの冰暉《ひょうき》から接触があったのは、どこか落ちつかない雰囲気の織室にて機織《はた》りに従事して、少し経ったころのことだ。棹《さお》にかけてあった糸束がなくなり、もらいに行く途中、とつぜん腕を摑まれて近くの房《へや》へと引きずりこまれた。

「……あの、できればもうすこし慎重にお願いしたいのですけれども」

戸を閉める冰暉に注文をつける。そこからは見えなかったかもしれないが、廡下《ろうか》を亮《りょう》が曲がってくるところだった。引きずりこまれる一瞬だが、完全に目が合ったように思う。

「以後気をつけますが、報告です。朝一番、梅婕妤《ばいしょうよ》の検屍《けんし》がおこなわれました」

「検屍」

桃花は瞠目《どうもく》した。遺体は太医《たいい》署が管理していて不可能なのではなかったのか。

「検屍をおこなったのは掖廷《えきてい》検屍官で、太医署から協力依頼があったものです。大家《ターチャ》が梅婕妤の死因について、毒の可能性がないかを入念に調べるようにと命を下したようで、検屍官の知恵を借りたいとの申し出があったそうです」

「なぜ、わたくしを呼んでくださらなかったのでしょう」

すこし恨みがましく思って言うと、すみませんと謝罪をされてしまった。冰暉に裁量のあることではないのに、申しわけなかったと反省する。

「ただ、姫《き》女官を呼ぶような時間の余裕はなかったようです。太医令が直接おいでになり、そのまま検屍官を選んだとのこと。不正がないようにとの理由らしく……」

「いえ、わたくしこそ浅慮でしたわ。──それで、結果はどうだったのでしょうか」

「まず、銀簪《ぎんしん》への反応はなかったとのこと。しかし口腔《こうこう》にのこっていた吐瀉《としゃ》物を用いて実験をおこなったところ、鼠はたちどころに呼吸が少なくなり、死に至ったそうです。太医はそのままを大家に報告するとおっしゃったとか」

「延明さまがたに対する巫蠱の疑いは晴れるでしょうか?」

「どうでしょう」

冰暉の表情は渋い。

「外朝の動きが入ってくるようになったのですが、そちらの情報を鑑《かんが》みるに、容易ではないだろうと思われます。まず、鼠は死にましたが、それが蠱気《こき》にあたって死んだものではない、と証明するすべがありません」

たしかにその通りだ。銀器に反応する砒霜《ひそ》のような、明確な判断基準が存在しない。

「つぎに、蠱《まじな》いなどではなく、なんらかの毒物での殺しであったと認められても、こんどはそれが娘娘《ニャンニャン》らの手引きによるものではないと証明せねば、この状況は覆りません。皇后さまには百官が認める動機があります」

「動機など、言いかえてしまえばただの憶測にすぎないではありませんか。ところで、婕妤さまが亡くなる直前になにを口になさったのか、調べは済んでいらっしゃるのでしょうか?」

「掖廷が関与しておりませんので」

冰暉は短く答える。つまり不明ということだ。

では、いま足りないのは摂取経路の調査か、と桃花《とうか》は目処《めど》をつけた。冶葛《やかつ》か砒霜か、ほかの毒物かにせよ、嘔吐《おうと》をもよおしているのだから経口で摂取した可能性が高い。

毒物がどこで、なにに混入したか、だれにそれが可能であったか——中毒死は毒物を摂取した経路さえあきらかになれば、そこをたどって解決につながる可能性が高い。かならず警戒心の強い梅婕妤の目、あるいは舌をだまし、飲みこませた飲食物があったはずだ。もしくは——。

と、そこまで考えて、吐息をつく。

「……こんなとき、延明《えんめい》さまが掖廷にいらっしゃれば」

詮のないことだ。しかしやはり、延明がいたならもっと容易に調べは進んでいたし、延明の冤罪《えんざい》もとっくに晴れていたはずだと思ってしまう。

冰暉は、「同意です」と微《かす》かに笑った。

事件に関する検屍案件があったら、つぎはどうか呼んでほしい。そう頼んでから、桃花は房を出——すぐさまぎょっと立ち止まった。

「おい米粒猫」

亮だ。織室宦官《しょくしつかんがん》の亮が、戸口の外に立ちふさがっていた。

桃花は「なんでしょう?」と何食わぬ顔を装い、背にかばった戸をうしろ手に閉めようとする。が、亮がそれをさえぎった。桃花の頭の脇から背後の戸の隙間に手を差しいれ、強引に開ける。戸にもたれて全体重をかけたけれど、無駄だった。

「――織室丞《じょう》の補佐か。冰暉とかいったか」

亮《りょう》は房にだれがいるかを確認すると、冰暉に声をかけるでもなく戸を閉め、そのまま桃花を見おろした。いったいなにを言われるか、緊張でいやな汗がにじむ。

亮は強面《こわもて》でじっと桃花を見つめたあと、はあ、と息をついた。

「……急に引きずり込まれるから、暴漢かとも思って気を揉《も》んだ」

言われた意味がわからなくて、桃花は瞬く。

「かといって踏みこんでただの逢瀬《おうせ》だったらとんだ赤っ恥だろう。放っておこうかとも思ったが、万が一暴漢だったらと考えてこうしてぐずぐずと……わかってるさ、俺はばかだ！」

「い、いいえ、ありがとうございます……？」

よくわからないが、心配して待ってくれていたようだ。なかでの会話を聴かれたりした様子でもなく、ほっと胸をなでおろす。

「で、あいつが例の支援相手というやつか。高級乾果《カンクワ》などを差し入れたりするという」

「わたくしのいいひとですわ」

「うそだな」

言下に否定されて、桃花は亮をまじまじと見た。亮は鋭い目つきをすがめ、腕を組む。

「おまえたちどちらもだが、恋人とのつかの間の逢瀬が済んだという顔じゃあないだろう。警戒心だけ丸出しで、あやしすぎる。恋仲というのはただの偽装だな。偽装にすらなりきれてないが」

指摘されて、ぐっと詰まる。詰まったものの、言い返す言葉をなにも持たなかった。

「大方、才里《さいり》が信じているからだいじょうぶだとでも思っていたのだろう。安直なことだ。才里は基本、おまえに関することは思い込みが激しすぎるから物差しにはならん」

たしかにそうだ。だが、いったいどのような顔をすれば亮の言う『逢瀬顔』になるのか、皆目見当がつかない。この場をしのぐ言い訳もまた同様だ。

「……なにをおっしゃっているのか、わかりかねますわ」

苦し紛れにしらを切ると、亮はそれを肯定ととったようで、にやりと得意顔を見せる。

「そう隠すことはない。ここ内廷にはおまえのようなやつが存外多くいるものだ。外から送りこまれた間諜《かんちょう》に、妃嬪《ひひん》の耳目となった女官や宦官がな。とはいえ、そういうやつらも結局はここから出ることの叶《かな》わぬ虜囚にちがいない。変わった兼業をしているだけだというのが、俺の解釈だ。排斥するつもりはないから安心しろ」

反応に困り、桃花は黙した。亮のことは信用できると思う。しかし信用していること、桃花《とうか》の事情について知られることとはまた別問題だ。

頑《かたく》なな様子の桃花に、亮はつづける。

「うそではないぞ。かつて俺のそばにもいた。——兼業の末、腰から人体真っ二つなどという無残な死にかたをしたがな」

「腰から……」

つまり腰斬刑《ようざんけい》だ。亮の口からその話をきくのは二度目だろうか。

「お名前は燕年《えんねん》さまでしたでしょうか」

「ああ。あいつもただの内廷に閉じ込められた虜囚だった。母親を養うために性を切り取られ、間諜として送り込まれ、任務を果たせば残酷な死が待っているだけだった。それでも真面目にやりきったばか野郎だ」

——任務を果たせば、死。

桃花は眉《まゆ》をよせた。たしか燕年は馮充依《ふうじゅうい》——当時は馮婕妤《しょうよ》か——との不貞が発覚して処刑されたのだ。

「ということは、燕年さまの任務とは、馮婕妤さまと関係を持つことであった、という解釈でよろしいのでしょうか？」

「俺も直接あいつの口から詳細をきいたわけではないが、おそらくな。しかも関係を持つことだけでなく、発覚して処刑されるところまでがひとくくりの仕事だったんだろうよ。……連行されるときのあいつの顔はなにもかもをやり遂げたって、そういう表情だった」

ただ、わが子のように可愛がっていた華允《かいん》に対してだけは、悔いののこるまなざしを向けていたという。

「糸をひいていたのは梅《ばい》氏だなと俺は思っている。あいつとの不貞発覚で馮玉綸《ぎょくりん》は充依にまで格下げになり、その年に梅氏の娘が皇子を出産、空いていた婕妤の座におさまった。しかも馮玉綸が降格で済んだのは、梅氏が助命嘆願したからだというじゃないか。笑えるな？　馮一族はこの恩を受けて梅氏の傘下に入った――入らざるを得なかったというわけだ。梅氏にとってはいいことずくめだ」

燕年が処刑されたのが八年前、蒼《そう》皇子は数え九つなので、生まれたのは八年前。たしかに時期としては合っている。

「では亮さまは、燕年さまが梅氏の手先であったとお考えなのですか？」

「そう考えるのが自然だろう。で、おまえもだな？　梅婕妤のところからここへと送りこまれてきた」

「あの、わたくしの場合、重大なやらかしがありましたので解雇されてしまっただけなのですけれども」

「ふん、だいたい間諜を動かすときの口実など、みなそのようなものだ」

たしかにそうだ。ちがうのだけれども。

「おい米粒猫。さっきの宦官とともになにを工作しているのかは知らんが、燕年のようにはなるなよ。命と引き換えの任務など、くだらん。梅婕妤は死んだんだ。おまえを罰する者はもう存在しないだろう。不自由な籠《かご》のなかだが、できうる限りは自由に生きろ」

そう言いのこすと、桃花の事情について詮索《せんさく》することなく、亮《りょう》は持ち場へともどって行った。

＊＊＊

訊問《じんもん》とは、拷問である。

そして罪とはほぼ自白によって証明される。

すなわち、収監された時点で容疑人の有罪はほぼ確定されるに等しい。多くの容疑人は拷問に耐えきれずに〝自白〟をし、受刑の道を選ぶためだ。

さもあらん、と延明《えんめい》は昏《くら》く笑った。死んでも巫蠱《ふこ》の罪など否定してやると心に誓って挑んでも、あまりの苦痛にふと魔が差しそうになるときがある。矜持《きょうじ》などかなぐり捨ててでも、楽になりたいと考えてしまうときがある。

それでも甘美な誘惑をはねのけていられるのは、拷問の段階が杖《つえ》と水でとどまっているためだ。どうやら儒者らによる訴えは早々と効果をあらわしているようで、延明らへの焼き鏝《ごて》など、消えぬ痕《あと》がのこる拷問は帝《みかど》によって禁止されたらしい。

――持つべきものは、世間の同情をひく経歴か。

そのおこぼれに与《あずか》っている点青《てんせい》は、延明のとなりで逆さ吊《づ》りのまま気を失っていた。延明も同様に朝から逆さ吊りの状態で、ときおり不意打ちのように水をためた槽のなかへと頭から落とされた。容赦なく鼻から口から水が入り、溺《おぼ》れて飲みこみ、むせて嘔吐《おうと》をくり返す。そのたび、頭に溜《た》まった血に圧がかかって破裂しそうになった。目は霞《かす》み、呼吸はひどく圧迫される。

幾度くり返したころだろうか、下ろせ、という指示とともに、頭部に衝撃があった。痛みにあえぐ口にも鼻にも砂が入ってくる。これでは『下ろせ』ではなく『落とせ』だと思ったが、文句を言う余力はなかった。身体が動かない。せめて思考だけでも動かそうとしたが、そのまま意識は闇にのまれた。

「おい……おい延明」

点青が呼ぶ声で目が覚めた。いつのまにか牢《ろう》にもどされ、四肢を投げだして気を失っていたようだった。

「生きているか？　俺は死にそうだ」

つねに飄々《ひょうひょう》としている点青も、いまやずいぶんと弱々しい声になっていた。その様子では、このさきさらに厳しくなる訊問には到底耐えきれまい。帝の潔斎明けはあした、帝ご臨席の吟味はおそらくあさってだ。獄吏らはそれまでになんとか自供させようと躍起になることだろう。

叱咤《しった》鼓舞しようかとも思ったが、延明自身、頭が割れるように痛くて起きあがることすらできなかった。狭い牢のなか、力なく横たわったまま応答する。

「あなたが死んだら、娘娘《ニャンニャン》が悲しみますよ」

「……なんだよ、おまえは悲しまないってか」

「そうやってつっかかってくる元気があるならだいじょうぶ、まだ死にません」

それに、点青が死んだら悲しむよりも深い後悔が襲うだろう。このような浅い策に搦《から》め捕られたのは、延明の落ち度でもある。とくに皇后の護符に関してはもっと慎重なやりようがあったはずだった。

「なに言ってる。俺のような美人はか弱いんだよ、狐狸《こり》妖怪《ようかい》の延明とはちがってな」

「妖怪ではなく狐精《こせい》だと、前にも言ったでしょう」

ため息とともに、天井を見つめる。星明りがのぞいていた間隙《かんげき》からは、いまや強い陽光が差していた。おそらく午睡あたりの時刻だろう。ありがたいことに、儒者や名士らの訴えは、訊問に午睡休憩までもうけてくれたようだった。

「――さて、せっかくつくってもらった余裕なのですから、無為に過ごすわけにはいきませんね」

「余裕なんぞないし、体力回復のために眠るのは無為でもなんでもないと思うぞ」

「体力を回復させても殺されたら終わりです。それまでに黒幕に一歩でも迫れるよう、われわれも努力しましょう。牢の外ではみなが動いてくれているのですから」

「……わかったよ。途中で意識がなくなってもゆるせよ。で、なにをするって？　俺らはこうしてしゃべることくらいしかできないが。情報のすり合わせでもするか？」

「ええ、ふたりでこれまでの情報を整理していきましょう」

そうして気になる点があれば、外に伝え、調べてもらうのだ。

「まず事の起こりは火災でしたね。これは金剛《こんごう》という宦官《かんがん》による付け火で、金剛には火付けへの報酬を受け取った形跡がありました」

「金剛は八区の宦官だから、八区の張傛華《ちょうようか》、あとは張傛華と親しい梅婕妤《ばいしょうよ》あたりが指示をしたと見るべきだと思うんだが」

「八区には張傛華のほかにも妃妾《ひしょう》らが暮らしていますから、断定はできません。それにほかの区で暮らす妃嬪《ひひん》に依頼が不可能かといえば、それもちがいます。とはいえ、私も正直なところおなじ意見ですね。なぜなら、火付けの一番の目的は司馬雨春《しばうしゅん》の口封じであったと思われるからです」

これは以前、点青とも話したことだ。

三区での『宝さがし』、つまり『高莉莉《こうりり》の隠し財産さがし』のうわさは人為的に流されたもので、これを流布した人物は、高莉莉の隠し財産のありかを知っており、そのことから、司馬雨春とは深い仲であったと推測された。

この人物にとって、投獄された司馬雨春の殺害が最重要事項であったことは想像に難くない。司馬雨春は後宮にありながら素性は男であり、深い仲――不貞が露見すれば身の破滅となるからだ。火災でその他大勢の囚人を巻き込んででも、絶対に殺さなくてはならなかっただろう。

点青は「ああ」と肯定する。

「つまり逆に言えば、金剛に火付けを依頼した人物は、司馬雨春と不貞をはたらくことが可能だった人物となるな。侍女として暮らしていた司馬雨春と密通するには、司馬雨春の主《あるじ》、呂美人《りょびじん》との接点が必要となるが、呂美人とつき合いがあったのは梅婕妤、そして張傛華のふたりくらいだ。呂美人はまだ入宮して一年、梅婕妤の陰に隠れて暮らしていて、ほかに親交のある妃《きさき》はいなかったはずだ」

「広く見れば、梅婕妤や張傛華の侍女たちも司馬雨春と関係を持つことは可能であったでしょう。しかし、彼女たちでは金剛への報酬を出すことは難しかったと思われるので、除外します」

「おう。よって、火付けの件は張傛華、梅婕妤のふたりが嫌疑人に決定だな」

「あくまで疑わしいというだけで、証拠があるわけではありませんが」

「わかってるさ。で、つぎは付け火と今回の巫蠱《ふこ》事件とのつながりについてか？」

「そうですね。しかしこれはもう確定と見てよいでしょう」

金剛に付け火を依頼し司馬雨春を殺害した人物は、『高莉莉の隠し財産』を撒《ま》き餌《え》として三区での穴掘りを煽動《せんどう》している。目的は埋められた呪具の発見であったはずだ。つながっていると見て、問題ない。

「すると巫蠱のほうも火付けと同様に、張傛華と梅婕妤が嫌疑人となるわけだが、いっぽうが死んでいることを考えると、のこるは張傛華のみになるな」

「その張傛華ですが、梅婕妤が死亡したとき、田寧寧《でんねいねい》とともに昭陽殿《しょうようでん》にて膳《ぜん》を囲っていたのです」

「そらアヤシイ！……って、田寧寧も一緒だぁ？」

点青《てんせい》が素《す》っ頓狂《とんきょう》な声を上げたが、気持ちはわかる。なぜかと問われたが、これには延明《えんめい》も「どうやら懐妊祝いとして呼ばれたらしい」としか答えようがない。ふつうに考えれば、呼ばれたにせよ敵陣にひとりで足を運ぶなどするはずがなく、しかも皇后からは出歩かないよう言いつけられているはずであった。

点青が短くうなる。

「……もしや強要されたか？　田寧寧の父親は、張傛華の兄とおなじ府に勤めている。秩石《ちつせき》も向こうのほうがずっと上だ」

「脅されたにせよ、毅然《きぜん》と断る必要があると教育せねばなりませんね」

ここから生きて出られたらの話だが、とは心の中だけでつぶやく。

「話をもとにもどしますが、張傛華は梅婕妤の死亡時に昭陽殿をおとずれていました。なんらかの方法によって婕妤に毒などを盛ることは可能であったかもしれません」

延明は点青に、護符を燃やした婢女《はしため》が砒霜《ひそ》の曝露《ばくろ》によって怪死したことを説明した。また、毒が砒霜であれ冶葛《やかつ》であれ、婕妤の目や舌を出しぬく必要があることも共有する。

点青は頭でも掻《か》いているのか、がしゃがしゃと手枷《てかせ》を鳴らす。

「で、張傛華がもっともあやしいとして、なぜこんなことを起こしたと思う？　張傛華が梅婕妤を殺して、なにか得することがあったか？　俺は思いつかないんだが」

「問題はそこですね」

きのうも話し合った点だ。張傛華では、皇后と梅婕妤を排除したとしても国母の座につける可能性は低い。

「大きなうしろ盾でもあれば話はべつですが」

「たとえば二の君とかどうだ？」

「可能性としては皆無ではないでしょう。しかし二の君が動いていたならば、太子殿下が気がつかなかったはずがないと思うのです」

「だよなあ……それに張俗華《ちょうようか》だと仮定しても、どうやって毒を盛ったのかがやっぱりわからんぞ」

「毒を警戒している人物に、警戒させない方法……。銀器を使わせない、あるいは嘗毒《どくみ》を経ずに口にさせる方法……」

なにがあるだろうか。

「うーん、じゃあ、あくびをしたときに口に投げ込むとか、毒針でひそかに刺すってのはだめか？　だめだな」

自分で言って自分で否定している。とりあえず無視だ。

延明もしばらく考え込んだ。前後不覚なほどに酩酊《めいてい》させるのはどうだろうか？　いや、あの梅婕妤《ばいしょうよ》が田寧寧のような小娘の前で、そのような失態を見せることはあるまい。器そのものに毒を仕込んでおき、それをひそかに持ち込んで、隙を見て取りかえるというのは……いや、困難だろう。配膳《はいぜん》女官らが控えており、周囲の目が光っていたはずだ。

――……だめだ、なにも思いつかない。

疲労も痛みも蓄積されていて、限界だった。

どう考えても毒を盛ることなど不可能で、もはや自分から進んで口にでもしないかぎり無理なのではないか……と、どこか投げやりにそこまで考えて、はっとした。頭の痛みも忘れて上体を起こす。

「――自害」

「は？」

「張俗華どころか、そもそも毒殺などではなく、梅婕妤の自害であったならどうですか」

「おまえ、なに言ってる？」

「父、そして一族のために梅婕妤が図って自害をしたのなら、銀器も嘗毒も味も問題にはなりません」

梅婕妤ひとりがみずから死ぬことによって、皇后と太子を失脚させることができ、わが子は玉座にぐっと近くなる。父はこのままではいずれ即位する太子によって排斥される立場だが、それすら免れ、一族の権勢はつづく。最強の一手ではないか。

婕妤がぬかるみの真ん中で倒れていたのは、他者の足跡がない状態で死ぬことにより、巫蠱での死を印象づけようとしたためかもしれない。

「いや……たしかにそうだ。だが待て、待てよ。あらたな皇后がだれになるかによっては、梅氏といえども権勢をそがれる可能性もあるだろう。あまりに危険な賭《か》けだ」

「とうぜん父親である梅氏とは事前に謀っておくのです。だれを皇后として立てるか、あらかじめ諸官への根回しを済ませておけばよいだけのこと」

「なるほど……」

「婕妤はおのれの命と引き換えに梅一族を守り、さらなる繁栄をもたらそうとした──そう考えればつじつまが合います」

「敵ながらあっぱれというべきか……たしかに納得した。それで、どうやって俺たちの妄想を現実だと証明できる？」

証明か、と延明《えんめい》はくちびるを嚙《か》んだ。

──みずから毒を口にしたのか、盛られたのか。……そのような証明など、どうやってできる？

それどころか、これが皇后による毒殺ではないと、どうやってつまびらかにすることができようか。

＊＊＊

「ねえ！　きいてよきいて！」

終業の鐘が鳴り、機織《はた》りの織房《しょくぼう》から寝起きをする舎房へともどってきて、すぐのことだった。身体を拭《ふ》きに紅子《こうし》と井戸へ出かけていた才里《さいり》が、あわただしくもどってきた。

「桃花《とうか》、寝てる場合じゃないわ。さっき井戸でびっくりな人に会ったのよ！　こら、起きなさいったら――って、あら？　寝てない……？」

床に腰をおろし、臥牀《ねどこ》にもたれかかってぼんやりとしていた桃花をゆすってから、才里はおどろいたようにその手を引っ込めた。

「桃花が起きてる……目がぱっちり開いてる。そういえば仕事中もずっと起きてたわ。なんで!?」

「なんでと言われましても。眠くならないだけですけれども」

「病気!?　熱は？　のどは？　鼻水は？」

衝撃を受けたように、才里は桃花の脈をとったり額に手をあてたりする。口を開かせて咽頭《いんとう》を確認したところで、紅子が遅れてもどってきた。

「こらこら、百里先でもきこえそうな声で騒ぐことかい。目が冴《さ》えちまうことくらい桃花だってあるだろ。それにいまは大きな事件の真っ最中だ。さすがに桃花だってのんきに居眠りばかりしてられないだろ」

「するの。この子はするのよ。ねえ桃花、ほんとうに具合悪くない？　もう仕事も終わったし、いつでも寝ていいのよ？　ごはんしっかり食べて口をゆすいで髪を梳《す》いて顔を洗って体を拭いてからだけどね」

「それはいつでもとは言えないのでは……？」

「さあ、飯に行くよ！」

紅子にうながされて、しぶしぶ厨《くりや》に向かう。

「眠くないわりにぼーっとしてるけど、考えごとかい？」

紅子に問われて、桃花は歩きながら小首をかしげた。

さきほど紅子が言ったように、桃花の目が冴えているのはいま起きている事件のせいだ。この解決には延明の命がかかっており、さすがに夢の世界へと逃避している場合ではない。どうにかして友を助けなくてはと、ずっとそればかりを考えている。

「──たしかに、考えごとです。とても大事な」

「へえ、オトコのことかい？」

「そう、ですね……はい。たしかに殿方のことをずっと考えていました」

延明は殿方だ。正直に答えると紅子は面食らった顔をしたが、すぐに破顔した。

「なんだ才里、こりゃ病名恋煩いじゃないか。眠れないほどの乙女の悩みだ」

「なーんだ。心配して損した……なんて言うと思ったら大間違いよ！」

才里がカッと目を見開いて、距離をつめてくる。がっしりと腕を取られた。

「むしろ好物っ！　さあこの才里さんにくわしく語ってきかせなさい！」

「だれかに語れるような内容ではありませんので、困るのですけれども……」

「か、語るに憚《はばか》るような、ナニがしでアレがしな事柄ですってえ⁉」

「言ってない言ってない。才里、盛りすぎ」

紅子がなだめてくれたが、才里の目はらんらんと桃花を捕らえている。なにか会話の選択を間違えたらしい。めんどうなので、桃花は話題を変えることにした。

「あー……そういえば才里、さきほど井戸でだれかに会ったそうですけれども」

「そう、そうなのよ！」

思い出したのか、才里がぱんっと手を叩《たた》く。

「さっき井戸でさ……あ、いたいた、あそこ！」

才里が指したさきは厨で、担当の女官や婢女《はしため》たちがあわただしく働いていた。そのなかに見知った顔をみつけて、桃花は目を丸くした。

「──おや、才里。それに桃花じゃないか」

相手もこちらに気づき、水桶《みずおけ》を抱えていた手を離して桃花たちを呼ぶ。恰幅《かっぷく》のよい体形をした三十路《みそじ》ほどの女官は、梅婕妤の昭陽殿《しょうようでん》にて厨を仕切っていた女性だった。

「ひさしぶりだ。元気してたかいっ？」

駆け寄ると、豪快に背を叩かれる。紅子をさらに強力にしたような女性で、名を良《りょう》使《し》といった。

「おひさしぶりです。その節はたいへんお世話になりました」

「アンタ、あんときはとつぜん婕妤《しょうよ》さまの大事な器をブン投げて割っちまうから、もうびっくりしたよ。生きててよかったよかった！」

そういえばそんなこともあった、と背をさらに叩かれながら桃花は思った。まだ梅婕妤のもとで働いていた頃の話だ。いまや遠い昔のことに思える。

「良使、あなたいつのまに織室《しょくしつ》に異動してきたの？」

「夕餉《ゆうげ》の準備からだよ。なんか掖廷《えきてい》とウチの女官長もずいぶん揉《も》めてたけどね、まだ婕妤さまが亡くなったばかりだってのに女官を異動させるのかって。それに婕妤さまが亡くなったって、昭陽殿には殿下がいるじゃないか。だれひとり動かさないってつっぱねてねえ」

「つっぱねてって……あたしたち女官は掖廷の管轄じゃないの」

才里《さいり》があきれたように言う。

「まあねえ。でも殿下と中常侍《ちゅうじょうじ》が味方してくだすったんだよ。それでみんなそのまま殿下仕えになったんだけど、あたしだけ臨時でね。織室の厨係りが病にかかっちまったそうじゃないか。それで人手不足だって泣きつかれたもんだからね」

臨時だよ臨時、とくり返しながら厨に入って行き、桃花たち三人分の膳《ぜん》を持ってきてくれる。蓼《たで》と鰱《レンギョ》の羹《あつもの》に麦飯だ。ふだんはあまり好まない料理だが、良使がつくったものならおいしいだろう。食欲のない桃花《とうか》でも期待が湧く。

せっかくだから、と良使が仕事をしているそばで話しながら食べることにした。才里の提案だったが、紅子《こうし》も快諾してくれる。臨時ということで、すぐにまた別れてしまうからだろう。

それにしても、と羹を麦飯にぶっかけながら桃花は思う。婕妤が亡くなる前に口にしたものを知りたいと思っていたときに、厨係りの良使と会うなんて、ずいぶんと偶然が過ぎる。織室の厨係りが病とのことだったが、おそらくこれは掖廷や甘甘《かんかん》の計らいなのだろう。あとでうまく引き合わせてくれる予定であったのかもしれない。掖廷も延明《えんめい》が長官ということもあり、梅婕妤の女官から直接聴取をするより、桃花を介したほうが純粋な情報を得られると踏んだのだろう。

才里は食事をとりながら、桶《おけ》で皿を洗う良使とさまざまな話題を交わした。仲間であった意識が強いためか、やはり気安く内部情報が飛びかう。桃花は食事をかきこみながら、まずは耳を傾けた。

「――それでさ、殿下はすっかり泣き腫《は》らして、おいたわしいったらないんだよ。世話にあたってる者の話じゃ、ずいぶん皇后さまを怨《うら》んでいるらしいしね」

「ちょっと、まだ皇后さまが呪ったかどうか結論は出てないじゃないの。子どもにそういうことを吹きこむのはよくないわ」

「なに言ってるのかねえ、結論なんて出てるも同然だよ。巫蠱《ふこ》の呪具は三区でみつかったんだ。その三区を封鎖して隠していたのは孫《そん》延明。皇后派の宦官《かんがん》じゃないか。真っ黒だよ」

良使が言うと、才里がまた『巫蠱は李美人《りびじん》説』を唱えようとしたので、紅子が口を塞《ふさ》いだ。もごもご暴れる才里に代わって、桃花が口を開く。

「巫蠱などではなく、毒殺説もあるようですけれども」

才里と紅子はぎょっとしたけれど、良使は鼻で笑った。

「毒だって？　ばか言うやつもいるもんだ。たしかに亡くなる前、婕妤さまは張俗華《ちょうようか》さまと田寧寧《でんねいねい》さまの三人で食事をとってらしたがね、すべて銀器を使い、小宦官が嘗毒《どくみ》をしていたんだ。膳は三人分で三つ用意されたが、そのどれを婕妤さまがお使いになるかも直前までわからなかった。いつものように、ご自分でお選びなすったからね」

「では、婕妤さまがおひとりになる機会などはありませんでしたか？　そのときかもしれませんわ」

延明によると、婕妤は巫蠱発見の報をうけたあと、ひとりで離れにこもってしまっていたとの話だった。

「ばかお言いじゃないよ。たしかに、おひとりになられたあと、亡くなっているのが見つかったようだけどね。人払いがされていて、だれも離れには近づいちゃいなかったのさ」

「すでに離れには毒物が置かれてあったのかもしれません。昭陽殿《しょうようでん》のなかに、そういった工作をする間諜《かんちょう》が潜入している可能性もあるのではありませんか？」

心配顔で問う。毒殺の利点は、犯人が殺害の現場にいなくても済むところだ。

だがこの可能性も良使《りょうし》は「ないない」と一蹴《いっしゅう》した。

「もし見覚えのないアヤシイもんがあったら女官長がすぐ気がついたろう。でもそんな話はきかないね。まあもともと酒のたぐいはいくらか離れにもあったことはあったよ。奶婆《うば》の曹絲葉《そうしよう》さまが亡くなってから、婕妤さまのお酒の量も増えたからね。いつでもご要望に添えるようにって、各所に備えておくようにしてあったんだ。絲葉さま亡きあと、あたらしく女官長になった炎晶《えんしょう》が采配《さいはい》をはりきっていたからね」

「やっぱり婕妤さま、絲葉さまの死はおつらかったのね……」

絲葉と婕妤の関係を知る才里は痛ましげな表情をする。絲葉は梅婕妤にとって、実母よりも身近な母であったのだ。事故死ではあったが、死なせてしまった婕妤の心の内を思えば、桃花も胸が痛んだ。

しかしここは情報を集めなくてはならない。

「離れにお酒があったのでしたら、そこに混入されていた可能性はあったのでは？」

「だから、ないんだよ。知ってるだろう？　どんなときだって婕妤《しょうよ》さまは銀器を使うし、嘗毒をさせる。離れでおひとりで酒をたしなまれたのなら、嘗毒がいないぶん、それこそ慎重だったはずさ。目も舌も一級だからね、銀器をニセモノにかえておくだとか、そんなちんけな手段だって通用しないお方だよ」

桃花は納得してうなずいた。確認のために尋ねたが、桃花はもともと梅《ばい》婕妤に致死量の毒物を口にさせることについて、非常に困難だと思っていた。異論はない。

つまり、現段階でもっとも浮上するのはべつの可能性となる。

たとえば、みずから毒物を摂取した、などだ。

――あるいは……。

桃花が考えこむと、才里《さいり》も腕を組んでうなった。

「じゃあやっぱり呪い殺されたのね。問題はだれが巫蠱なんて仕掛けたかってことだけど」

良使が「皇后さまにきまってる」と即答すると、才里はふたたび『皇后ならば自分の敷地内で密《ひそ》かにおこなうはず説』を唱えたが、良使はこれに『そう思わせるために三区でおこなった説』で反論した。

ふたりの応酬を眺めながら、紅子が「それにしても」と言う。

「どんなに毒に気を配ってても呪いばっかりは防ぎようがないね。李美人への仕打ちは怨みどころだけども、こんな死にかたをするとちょっと気の毒にも思えてくるよ」

「良使、紅子《こうし》は李美人に仕えていたのよ」

と才里が補足する。怨みという言葉に過剰に反応するかと心配したが、良使は頓着《とんちゃく》しない様子で紅子に向きあった。

「アンタ、それはちょっとちがうよ。婕妤さまは呪いのたぐいにもきちんと気をつけてらしたんだ」

桃花《とうか》たちには心あたりがなかったので、顔を見あわせる。良使は首をふった。

「才里や桃花がいなくなったあとからのことさ。夏のはじめくらいからだったろうか？　昭陽殿にはずっとおかしな気配があってね、婕妤さまは怯《おび》えてらっしゃったし、梅夫人もなんとか婕妤さまをお助けしようといろいろ対策をしていたんだよ」

梅夫人——梅婕妤の母親だ。

「おかしな気配とは、具体的にはどのようなものでしょう？」

「アタシみたいな鈍感なのにゃよくわかりやしない事柄さ。そういうのによく気がつくっていうか、敏感なのは女官長の炎晶でね。当時はまだ絲葉さまが女官長だったけど」

炎晶は絲葉とおなじく、梅婕妤の実家からお供してきた古株の女官だ。彼女がまず、夜中に気味の悪い影を見たであるとか、おそろしい声を聞いた、などと訴えはじめたらしい。

「炎晶だけじゃない。ほかにも、油を足したばかりの燭台《しょくだい》の火が急に尽きたりだとか、婕妤さまの寝台に手形状の煤《すす》がついていたりだとかがあってさ。呂《りょ》美人たちが焼け死んだあとだったから、気味が悪いってんで夫人に相談したら、高名な巫人《みこ》にたのんで調べてくれてね。そしたら婕妤さまのまわりになにか恐ろしい気配がするっていう話でさ、幽鬼のようだけれども、大もとは呪いのようであるってんだよ」

ええ!?　と才里が口もとに手をあてる。

「それでさ、なにせ婕妤さまはあの怖がりだろ？　すっかり怯えちまって、なんとかしなくっちゃいけないってんで、もうそれからずっと、麝香《じゃこう》や松を焚《た》いたり、門に守護の意匠をとりつけたり、邪気除けの影壁《インピー》をあたらしくさせたりっていろいろやってたんだよ。幽鬼がきらうっていう犬を飼ってみたりね。夫人も足しげく面会にきては、婕妤さまを案じてくださすったんだ」

「……もしかして、曹絲葉さまが婕妤さまのために護符を入手されたというのは、そのためだったのでしょうか？」

「おや、桃花はよく知ってるねえ。絲葉さまは婕妤さまをなんとかお助けしようとしたんだね。それがあんなことになるなんてさ……後味が悪いったらない。ただ、あれもほんとうに事故だったのかって、呪いのせいだったんじゃないかって、そんな疑いを持ってる連中もまだいるみたいだよ」

絲葉《しよう》の死は表向き身投げとなっている。そのため才里が桃花の肩をゆすって詳細を求めたが、あとで対応することにしてそのまま黙考する。

――これはおかしい。

梅婕妤が怖がりであることは周知の事実だ。女官長の炎晶《えんしょう》などは実家からのお供であり、知らなかった、軽く考えていたとは思えない。それがなぜ、わざわざ婕妤を怖がらせるようなことを吹聴するのだろうか。便乗するように、梅夫人までもが幽鬼だの呪いだのと口にする。

――外傷は、左の肘《ひじ》に擦過《さっか》をともなう打撲、右手甲の第三関節あたりにわずかな出血をともなう傷……。

延明《えんめい》が教えてくれた梅婕妤の遺体所見だ。どちらも生存中についたものと思われるとのことであった。

才里にガクガクとゆすられながら、ああ、と吐息がもれる。

これは、梅婕妤がみずから毒を口にしたのか否かを裏付ける、決定的な所見となるにちがいなかった。

＊＊＊

疲労からすっかり微睡《まどろ》んでいた延明は、薄く目をあけた。

獄の戸口から話し声が聞こえる。わずかに聞き取れた言葉から、牢番《ろうばん》が通行者に賂《まいない》を増やすよう脅しているとわかった。

その業突く張りには不快感を禁じ得なかったが、宦官《かんがん》とは多くがそういうものだった。この閉じられた世界でしか生きていけず、縋《すが》るものはもはや財産と権力くらいしかない。しあわせなど手に入らないと知っているから、目に見えるもので補おうとする。

ところがふしぎなことに、強欲でありながら、金離れがいいのも宦官の特徴だった。宮廷と取り引きのある商人が代金をふっかけても、宦官は笑顔でその支払いに応じることが多い。見栄なのだな、と延明は思う。豊かで余裕があると、よい暮らしをしていると、対外的にはそう思われたいのだ。商人は正真正銘の男であるから、なおのこと。引け目を感じるからこそ、それを隠すように大盤振る舞いで虚栄を張る。

どこか虚《むな》しさを感じながら、延明は足音に耳を澄ました。――ふたつだ。

だれがきたのか。夜を迎え、深い闇に沈んだ牢獄で、徐々に近づく灯りをじっと待つ。ひとりは桃花だという根拠のない自信はあった。だがもうひとりはだれなのか。童子だろうか、それとも公孫か——そう予想をたてたところで、点青《てんせい》が「よう」と訪問者に声をかけた。点青のほうが、わずかに戸口に近い。

「きょうの飯はなんだ？」おう、まあまあだな。獼猴桃《サルナシ》が食いたいからつぎは頼む」

「点青、なにを贅沢《ぜいたく》なことを——」

「あと、娘娘《ニャンニャン》のご様子が知りたい」

真剣で切実な声がつづいて、延明は咎《とが》めるのをやめた。

「ご健勝でいるだろうか。不衛生な環境に置かれてはいないだろうか。食事や水はどうされている」

「娘娘は北の離宮に連れて行かれてしまったので、おれたちにはどうすることもできないです。力になれなくてすみません」

そう答えた声に、延明ははっとした。

——華允《かいん》……！

動悸《どうき》が音をたて、はげしく捲《まく》し立てたい感情が去来する。

華允、火災現場から盗まれた物はほんとうにありませんでしたか？　確認をしたのですか？　なぜ他物という律用語を知っているのですか？　流麗な字とともに、師父燕年《えんねん》が教えてくれたのですか？　ここを追い出されたら困ると言ったのはどういう意味でしたか？　夜中の無断外出はほんとうはなんのためだったのです？　あなたは、何者なのですか？

あふれそうな詰問の数々を、ぐっとのみこむ。

――問い詰めて、どうなる。

問い詰めるとは、追い詰めることだ。華允を追い詰めることが、いまするべきことなのか。

『おれ、もっとはやく延明さまにひろってもらえればよかった』

いつだったか、思わず漏れたというようなあの言葉が、いまになって鮮明によみがえる。彼が歩んできた苦難を思えば、胸が痛くなる言葉だった。だがふり返ってみれば、これもまた意味深長な言葉ではないか。

――なにをばかな。私は……。

「延明さま」

声をかけられて顔をあげる。すでに宦官姿の桃花《とうか》が牢《ろう》の前に立ち、こちらを照らしていた。

ふいに、くしゃりと顔がゆがんだ。

一気に自分のなかの弱い部分が噴出しそうになって、片手で顔を覆う。まぶしかったふりをしてその場をしのいだ。

これは桃花を頼り、桃花に縋るべきことではない。以前に華允が容疑者のひとりとなった際は、桃花に相談した。だが、もはや性質のちがう事態だ。自分で結論を出さなくてはならないし、そうしなければ今後一生後悔をすることになるだろう。

「だいじょうぶですか？　とても苦しそうにお見受けしますけれども」

「……ええ。しかしこれは逃げてはならない道なのです」

なんの話であるのか、桃花は詳細を尋ねなかった。ただ、「延明《えんめい》さまがお決めになったのでしたら、そのように」とだけ静かに口にする。懐に入りすぎず、かといって突き放すでもなく、どこか寄りそうような声音で、ちょうどよい心の距離感だと延明は思った。桃花のこういうところは、ほんとうに敵《かな》わない。

「延明さま、おれたち食事を持ってきました」

点青に捕まっていた華允が解放され、こちらの牢の前にあらわれる。ありがとうという礼を穏やかに言えて、心から安堵《あんど》した。その安堵がまた、延明の決意を後押しする。

――そうだ。詰問したいわけではないのだ。

華允に関する情報はすべて出そろっているのだから、やるべきことはすでに決まっている。

受けとった差しいれは、この日も食事と水筒、それに薬包だった。点青のぶんもきちんと用意されていたのがうれしかったのか、となりの牢からは弾んだ声がきこえてくる。単純なやつだなと小さく笑った。

食事はやはり粢飯《チーファン》だった。きのうよりも大きく、具肉は鶉《うずら》や羊、馬などと齧《かじ》る場所によって変化する。非常においしかったが、ありがたかったのはやはり清潔で十分な量の水だった。拷問では嘔吐《おうと》することも多く、体が水分を欲していた。粢飯を食べ終えて水を一気に飲み干そうとすると、桃花に止められる。なにかと思えば「忘れていらっしゃいます」と薬包を差しだされて、閉口した。いったいどの口が言うのだろう。

となりの牢からは上機嫌から一転して「苦い辛い！」「まずい！」という悪態がきこえるが、点青《てんせい》も薬を飲んだところなのだろうか。きのうはふたりで分けてのんだのでまだ良かったが、きょうはしっかり一人前の分量だ。食前にのめばよかったなと後悔しながら、強い刺激味のある薬を水で胃に流し込んだ。

平静を装いながら悶絶《もんぜつ》していると、報告があると華允が切りだした。

「延明さま、休みながらきいてください。まずひとつ目ですが、梅婕妤《ばいしょうよ》死亡前の会食事、嘗毒《どくみ》はきちんと機能していたそうです。銀器もきちんと使用されていたとか。公孫《こうそん》さまが知り合いの女官を通じ、厨《くりや》の者に聞き込みをおこなってくださいました」

知りあいの女官？　と怪訝《けげん》に思ったが、桃花が目配せをくれた。つまりそういうことだ。

理解すると同時にあらためて、桃花はいま桃李《とうり》としてここへきているのだと再認識した。桃李の正体を知るものは少ないに越したことはない。

「なるほど。それで、ふたつ目はなんでしょう」

「あまりよい報告ではないんですが……。梅婕妤の検屍途中《けんし》で太卜令《たいぼくれい》らに邪魔をされてしまったとき、ひとりの検屍官がどさくさに紛れて離れをざっと調べていたそうなんです」

「なんと。それのどこがよい報告ではないのです？」

「それが……そのときにはいくつもの嘔吐の痕跡《こんせき》があったらしいんですが、きょう、強引に昭陽殿《しょうようでん》に踏みこんで離れを調べたところ、すでにきれいに清掃されたあとだったそうです」

ああ、と延明は額をおさえた。厳しくしつけられた女官が嘔吐物をいつまでもそのままにしておくはずがなかったが、現場の保存ができていなかったことは大きな損失だ。掖廷官《えきていかん》が締めだされてしまったので仕方のないことではあるのだが、吐瀉物《としゃぶつ》から判明する事柄は多いだけに、大きく悔いがのこるところだ。

「ちなみにだれですか？　その検屍官というのは」

「じ……八兆《はっちょう》です」

「爺《じい》でよいです」

桃李に興味を持っている、例の老検屍官の名だ。あの人物ならばたしかにやりそうで、咎められても「盲《めしい》ておりまして、方角を間違えましてござりまする」などとしれっとして言いそうだった。

「結果としては残念ですが、八兆にはよくやったと伝えておいてください。できれば、毒の持ち運びに使われたと思われるような容器や包装などが発見、保存されていればなおよしなのですが」

「あったそうです」

思わぬ報告に、腰を浮かせた。

「胡桃《くるみ》の殻に装飾細工をほどこした小さな盒子《ごうす》が、中身が空の状態で転がっていて、かなりあやしいと思ったと本人が言ってました」

「それはどうしたのですか？　持ち出していたりなどは」

「爺もさすがにそこまで豪胆にはなれなかったみたいです。これもきょうはなくなっていて、女官らを問い詰めても、吐瀉物で汚れていたのならば処分したかもしれないがわからないという曖昧《あいまい》な答えだったときいています」

「つまり収穫なしってことかよ」

となりの牢できいていた点青が落胆の声を上げる。しかし延明は否定した。

「皆無ではありません」

いまの情報から導き出されることもある。

そして、それは非常に重要な事柄だ。

「よいですか、その盒子が毒物の持ち運びに使われたものだと仮定するなら、使用されたのは粉末ではなかったと推察することができます。胡桃の盒子――これは液体はおろか、粉末のような細かいものの容器には適していません」

「ええ。わたくしも同意です。おそらく蜂蜜《はちみつ》などで練った丸薬のたぐいであったと考えられるかと」

桃花《とうか》もうなずいた。

「もちろん、粉末であった可能性もないわけではありませんけれども。粉末をなにかに包んで盒子に入れて持ち運ぶこともできるでしょう。しかしやはり、不可能ではないというだけの話です。こぼれては困るような激毒の持ち運びでしたら、もっと適した容器を選ぶことと存じます」

「ほーお、なるほどなぁ。――って、いやいやまてよ。丸薬ってことは、どうやって盛る？　一服盛るにはそれこそ適さないだろ。つまり延明《えんめい》の推理がかなり裏付けられたってことじゃないのか！」

点青が言うと、華允《かいん》が興味津々という顔をする。

「延明さまの推理ってなんですか？」

「毒は盛られたのではなく、みずから口にしたのではないか、と。私はそう考えているのですよ。そうであれば、嘗毒《どくみ》や銀器、味に敏感な梅婕妤の舌をも出しぬけた謎が解けます。梅婕妤は一族のために自害を謀り中宮《ちゅうぐう》娘娘《ニャンニャン》を陥れた。——桃李は、どう思いますか？」

桃李《とうり》という名前をあえて強調して言った。点青はおそらく桃花を『老猫』と呼ぶだろうが、うっかり情報をもらされでもしたら困る。

桃花はぶかぶかの袖《そで》で隠れた手を軽く口もとにあて、少し思案する様子を見せてから、「ありうるかとは存じます」と答えた。正直、期待していた反応よりは手ごたえが鈍いように感じる。

「あまりはっきりとはしない答えかたですね」

「いえ、悪くはない推測と存じます」

桃花はそう答えたが、「しかし」とつづけた。

「もうひとつ可能性があるとわたくしは考えております。さきほど延明さまはひどい味の薬を素直にご服用になりましたが、あれが毒であったら、とはお思いにはなりませんでしたね？」

「すみません、言っていることがいまひとつよくわかりませんが……」

なぜあれを毒と疑わなくてはならないのか。華允も困惑の目で桃花を見て、となりの牢《ろう》にいる点青《てんせい》も「どゆこった？」とこんこん壁をたたいている。

桃花はおもむろに袍《ほう》の懐に指を入れたかと思うと、小さな包みをふたつ取りだした。

「じつは、こちらがおふたりにお渡しするはずのほんとうのお薬なのです。さきほどのは、ただ芥子菜《からしな》のたねを粉にしたものにすぎません」

は？　と口にしたのは延明だけではなかった。

「なぜ、そのようなことを……？」

「あれが毒であったなら、延明さまも点青さまもお命はありませんでした。おなじことが、婕妤《しょうよ》さまの身にも起こり得たのではないかと」

「つまり、薬と偽って毒を渡された、と？」

よぎったのは、太医令《たいいれいか》夏陀《だ》の顔だ。だが、夏陀が婕妤を殺してなんになる？　しかも権力争いや政争にはかかわらない中立の太医である。殺しても利益を得ることはなく、よしんば報酬を得たとして、それが露見すれば間違いなく死刑である。少しでも長生きしたいと願う夏陀が、よもや寿命を縮める危険を冒すことはあるまい。

思考をめぐらせる延明に代わり、「犯人は医者か？」と素直に訊《き》いたのは点青だった。

桃花はこれに「ちがうと推測いたします」と答えた。くちびるを湿らせてから、

「婕妤さまの母上さまではいかがでしょうか」と口にする。一同は瞠目《どうもく》した。

「母君ですって？」

「じつは、どうも夏の初めごろから梅婕妤《ばいしょうよ》さまの周辺では入念な仕込みがはじまっていたようなのです」

桃花は、初夏ごろ女官長が妙な気配だのという主張をはじめ、梅夫人がそれを呪いであると確定させたことを簡潔に説明した。それによって梅婕妤は怯《おび》えていたという。

「それが仕込みであるというのは？」

「婕妤さまに呪いという言葉と不安や恐怖をうえつけ、そのうえで毒薬を渡し、母上さまからこう吹きこむというのはいかがでしょうか？　——これは蠱《まじな》いなどからおまえを守るためにとくべつに調合された薬です。もし宮中からおまえを呪うようなものが発見されたなら、すぐに服用するように。もちろん、その発見には尽力するから、と」

世には、巫蠱《ふこ》に対処するための薬が多く存在する。梅婕妤のもとへ駆けつける際、夏陀が弟子の扁若《へんじゃく》にもってくるよう指示を出した犀角《さいかく》、鬼臼《ききゅう》、女青《じょせい》などもそうだ。

「文言はなんでも構いません。巫蠱が見つかったら飲む物だと伝えればよいのです」

「……なるほど。そうであれば、巫蠱が発見されたという報《しら》せのあと、ちょうど毒死することになりますね。たとえ飲みくだす際の水や酒を銀器で試そうとも、母親から託された薬をうたがって調べたりはしないというのは、納得です」

「しかも後宮への薬の持ち込みはご法度だ。受け取ったとしても梅婕妤は他言しないだろうし、飲むときには人目を避けるだろうな。だからひとりになりたいと言って離れに渡った……見つからないようひとりで飲むように言い含めておいてもいいしな。つじつまは合うか」

そういえば、と延明《えんめい》は思い返す。曹絲葉《そうしよう》の墜落死を調べに行った際、延明らも幽鬼をちらつかせることで大事な証言を得たが、あれが効果覿面《てきめん》であったのは、そういった下地がすでにできあがっていたからなのかもしれない。

「この女官長の炎晶《えんしょう》ですけれども、ご実家からお供されてきた方です。婕妤さま個人というよりは、もとより梅夫人側の人物であるのでしょう。夫人も昭陽殿《しょうようでん》に協力者がいなければ工作は為《な》し得なかったでしょうし、婕妤さまの死後、都合の悪い物証などを始末する、あるいは不測の事態に対処する人員も必要であったと思われますので」

延明はうなずいた。事実、物証の始末はおこなわれている。吐瀉《としゃ》物は片づけられ、胡桃の盒子《ごうす》はゆくえ不明だ。

「これは、光明が見えてきたぞ。なあ延明」

点青がやや興奮したように言う。

「そうですね。もし自害であれば証拠となるものがなにもなく、われわれの置かれた状況は非常にきびしい。しかし母君による毒殺であったのなら、協力していたと思われる女官長の証言を得ることができるかもしれません」

「問題は、その女官長を訊問《じんもん》にかけるために必要となる証拠だな」

母による子殺しか、それとも嫉妬による親や子を想っての自害か。

死亡現場周辺をすっかり片づけられてしまったいま、なにをどう証拠として提出することができるのか。

「さいわいなことに、ご遺体がのこっております」

「しかし桃李《とうり》……検屍《けんし》はすでにおこなわれています。再検屍が許可されるのはむずかしいでしょう」

「それは延明さまが頭を悩ませるような事柄ではございません。わたくしたちにお任せくださいませ」

桃花《とうか》は延明を安心させるためか、やわらかな笑みを浮かべた。薄暗い牢だが、かえって桃花の白い肌が引き立ち、さすがは後宮百花の一輪なのだとあらためて思わされる。そして視線を吸いよせられてしまう自分は、性を切り取られてもやはり男なのだ。そう情けないほどに痛感した。

——触れたい……。

心が弱っているせいか、縋《すが》るように温《ぬく》もりを求める自分がいる。

だが、触れてはならない。

おのれは宦官《かんがん》であると強く胸に刻み、こぶしをにぎる。

ためらった延明とは逆に、動いたのは桃花のほうだった。一歩を踏み出し、鉄格子のなかに手を差しいれてくる。

瞠目し、あやうく「桃花さん」と名を呼びそうになるのをすんでのところで堪《こら》えた。

「延明さま」

桃花がのばした手が、延明の腕をつかんで引いた。格子を挟んだ至近距離で、桃花が延明をじっと見上げる。触れられた部分から火がついたように、身体がじわりと熱くなった。

「と、桃李……私はいま、とても汚い……」

「いいえ。それより延明さま、耐えがたい状況下とは存じますけれども、どうか、どうかあとしばらくご辛抱くださいませ。かならずやお助けいたしますから」

「……ありがとう」

「月見をする約束、お忘れにならないでくださいませ」

「はい」

「それに、延明さまがなにか決意を持ってお決めになった事柄があるようですけれども、苦難の道でしたら、わたくしも共に歩みます」

鼓動がどくんと跳ねた。桃花が、共に――

「もちろん多くの者が、わたくしとおなじ気持ちであるのです。ゆめゆめお忘れなく」

「……そ、そうですか。ありがたいことです」

　これは、二連夜おなじ状況ではないか。桃花はふたりの世界について語っているのではなく、延明を支援する仲間たちみなの心意気を語っているのだ。単純なおのれの心の臓に苦笑するしかない。ただ、点青《てんせい》が忍び笑いをもらしているのはゆるし難い。ここから出たらぜったいに覚えていろと心に誓った。

　延明は桃花の手をにぎって格子の外へと返してやり、それから華允《かいん》と向きあった。桃花が女であると気がついているのか、それとも宦官同士のことだと思っているのかはわからないが、華允までもがどこか恥ずかしげな表情をしているのには、顔から火が噴く思いだった。だが、緊張をほぐす材料になったと思うことにする。

「華允、筆を持っていますか？」

「はい」

　貸すように言うまでもなく、華允は筆と墨壺《つぼ》を差しだした。多すぎず、足りなくてはならないちょうどよい量の墨と、使いこんではいるが手入れの行き届いた筆だ。自然と、微笑みが浮かんだ。もちろん華允は書きつけを手渡すことも忘れていない。

「おまえに、大事な仕事をたのみます。これからしたためる書簡を読み、たずさえ、董《とう》氏とつなぎをとりなさい」

これからのことを推測すれば、かならず証拠が必要となるだろう。

それを、華允に託す。

「私はおまえを信じています」

＊＊＊

月の冴《さ》えた夜が明け、まばゆかった星たちが空のなかに消えてゆこうとしていた。ひんやりと空気が澄み、徐々に明るさを増そうとする天は、過ぎた夏よりもずっと高いところにある。

秋高馬肥――天が高くなり馬が肥え、北方の騎馬民族が略奪にやってくる季節である。故郷にいたころは最大限の警戒が敷かれる時期だったが、遠く三千里離れたいま、秋とは馬が肥える実りの季節にすぎなくなっている。

虫の音を聴きながら天を見あげていると、そのことが妙に感傷的に思えた。

「桃李殿……いや老猫殿。わたくしめ、この年になってよもやこれほど危険な橋を渡ることになろうとは、想像もいたしませなんだ」

宦官姿の桃花と並んで立ちながら、老検屍官の八兆《はっちょう》があきれ顔でささやいた。

「それほど危険ではないとわたくしは考えています。忍びこむわけではなく、交渉に参ったのですから」

桃花《とうか》が見あげた薄明るい空のやや下に、『太医署《たいいしょ》』の扁額《へんがく》を掲げた門がある。扁額が小ぶりであるのは、こちらが分署であるからだ。

「交渉どころか、捕らえられてしまうやもしれませぬぞ。なにせわたくしめら、下手人である掖廷令《えきていれい》一派でござりますゆえ」

八兆が垂れ下がったまぶたの下から、周囲を見渡す。桃花たちをすでに数人の宦官が、きびしい表情で取り囲んでいた。前掛けをつけた服装から、太医署の者だとわかる。

「何者だと訊《き》いている！」

「ですから、太医署の医官、扁若《へんじゃく》さまに会いにきた者だとさきほども申しました。お取りつぎを」

あいさつの品もなにも持たず、身ひとつでやってきたのは、太医署が賂《まいない》を嫌うときいたからだ。中立を守る太医署は、黒銭《わいろ》が常識となっているほかの官衙《やくしょ》とは性質が異なる。ただし最低限の検屍道具は必要であったので、それらを入れた荷は近くの植え込みに置いておいた。

「なぜこのような非常識な時刻に訪ねてくるのだ？」

「火急の用なのです。お取りつぎいただければわかることです」

ただ毅然《きぜん》と答えるしかない。

桃花は扁若に取りつぎさえしてもらえれば、説得と交渉の余地があると考えている。——なにせ、向こうは検屍してほしい死体を抱えているはずなのだ。それは検屍について公孫《こうそん》に相談にいったおりに、この八兆が教えてくれた。太医令に協力を乞《こ》われ、梅婕妤《ばいしょうよ》の毒検に向かった検屍官というのは八兆で、その際に扁若から〝とある死体の死因〟について尋ねられたのだ、と。

なお、八兆は監視によって行動を制限されていたうえ、なにかの手札となる可能性を考えて、「掖廷令お抱えの検屍官ならばご期待に添えるかもしれない」と答えるに止《とど》めたのだという。

「どうか扁若さまにお伝えくださいませ。老猫が会いにきた、と」

再三にわたって訴えるが、医官たちの包囲網はじりじりと狭まっている。一度退却したほうがよいだろうかと、焦りが背の汗とともにつたう。人数が増え、桃花と八兆の顔を覚えている者が現われたらやっかいだ。

「早くきてください、門の外に不審者が！　きっと金品を門において行った人物ですよ。扁若さまを買収しようとしているのやも！」

叫ぶように言いながら、員吏がだれかの手を引いてやってくる。

眠たげに現われた人物は、桃花たちを見るなりそのきれいな顔を険しくしてしばらく黙し、「僕の客だ」と言った。

「それで、なんの用？　想像はつくけれど」

あらためて荷を手にした桃花たちを門の内に案内し、扁若は尋ねた。あいかわらず態度は高慢で、桃花と身長は変わらないというのにあごを上げ、まるで見おろすような形で睥睨《へいげい》している。

「単刀直入に申しあげます。扁若さまが検屍《けんし》を望むご遺体をわたくしたちがお調べいたしますので、そのかわりにわたくしたちが望むご遺体を調べさせていただきたく存じます」

「どうせ梅婕妤だろう？　すでに検屍は済んだのに、いいなんて言うと思っている？なにか小細工を弄《ろう》しにきたに決まっている」

「梅婕妤には自害の疑いがございまする」

八兆が言うと、扁若は片眉《まゆ》を上げた。

「自害か、毒殺か。それを見極めるだけにございまする。わたくしめでは知識不足でありましたゆえ、この者に確認をさせていただきたく存じまする」

「わたくし、小細工などいたしません。きびしく監視してくださってかまいません。こうして通してくださったということは、すでにご理解くださっているからだと解釈いたしましたが、ちがいましたでしょうか？」

扁若は苦り切った表情を浮かべて桃花をにらみ、しばらく迷うように視線をゆらしたあと、背を向けた。

「……ついておいで。――ただし、交換条件じゃない。これは、僕がおまえたちを呼びつけて検屍をさせるんだ。いいね？　それに梅婕妤に関してはまだ保留だ」

扁若は強く念を押す。交換条件としてしまうと、周囲から買収されたととられかねないからかもしれない。

礼を述べ、桃花たちは扁若のあとにつづいた。

「これから視《み》てもらう死体は、白苔《はくたい》という宦官《かんがん》のものだ」

案内しながら、扁若は説明をはじめた。

「そうだね……まず教えておくけれど、鍼《はり》治療をうけた病人が施術後に死に、病死とは判断されなかった場合、あるいは死因があきらかでなかった場合、鍼の施術箇所の調査がかならずおこなわれることになっている。これは律によって定められているんだ」

「ええ、存じております。それが経穴《けいけつ》から外れていれば施術によって死亡したと見なされ『不応為罪《過失致死罪》』が適用、医者は笞《むち》四十から杖《じょう》八十の刑罰となる、と」

扁若はいやそうな顔で桃花をねめつけた。

「……ああそうだよ。それで、この白苔は病人ではなかったけれど施術をうけていた。死ぬ前夜に弟弟子の練習台になっていたんだ。それが翌朝――きのうの朝だね、房《へや》で倒れて死んでいるのが見つかった。もちろん病などないし、外傷もなかった。よって即、僕たちは施術箇所の確認をおこなったんだ」

結果、『膏肓《こうこう》』という経穴がややずれ、鍼の施術が深すぎるのではないかという見立てになったそうだ。

「膏肓は肺に近い、慎重さが求められる経穴でね。ほかに死ぬような外傷が見あたらなかったから、これが死因だと判定することになった」

「では、弟弟子のかたが獄送りになったのですね？」

「そう。本人も納得して縄についたよ。失敗して殺してしまったのなら、刑をうけることで償うしかないってね」

そこまで言ってから、扁若《へんじゃく》は目もとを歪《ゆが》めた。

「……けれども、僕にはよくわからない。たしかに肺に穴を開ける可能性のある経穴なんだ。場所も若干……ほんの若干だけれどもずれていた。でも、ほんとうに鍼が肺に達していたかなんて、人体を切開でもしないと調べようのないことじゃないか。それに経穴から多少ずれたら死ぬのかといえば、そうも思わない」

懊悩《おうのう》に満ちた表情だった。

「刑をうけるのは、まだ十三歳の小宦官なんだ。兄弟子に食事を横取りされるから痩《や》せっぽちで、体力もない。もしかしたら受刑には耐えきれないかもしれない……」

病でもなく、外傷もない。律では鍼術《しんじゅつ》のあとに死に、経穴から施術箇所が外れていれば医者の責任であると明確にしるされている。扁若の立場では、疑問を抱いていたとしても、どうすることもできなかったのだろう。

「お気持ち、お察しいたしまする」

そう同意をしめしたのは八兆《はっちょう》だ。

「わたくしめも、これはちがうのではないか——もっと正直に申せば、そもそも殺しではないのではなかろうかとあやしみながらも、規定によって結論をむりやりくださねばならなかったことに覚えがございまする。掖廷《えきてい》にも、そのような時代がございましたゆえ」

いまはちがいまするな、と桃花《とうか》に向かってかすかに笑んだ。

「そうですね。延明さまが掖廷令ですから」

小さく笑み返し、あらためて延明の救出を心に誓う。

彼は掖廷に、後宮に、ひいてはこの大光《だいこう》帝国にとって必要な人物だ。桃花にとっても、代えがたい。

それから間もなくたどりついたのは、太医《たいい》署の奥だった。土坑に埋める塵《ごみ》や、城外へと運び出す塵を仮置きしておく一角にて、ひとつの棺《ひつぎ》が仮置きとして半埋めにされ、厚く土を盛られていた。

桃花は八兆と協力して土を退かし、棺の蓋《ふた》をあける。あらわれたのは、二十代ほどの宦官の死体だった。硬直していたところを強引に棺に入れたのか、いびつな姿勢にて押し込まれている。衣服は身に着けておらず、内衣《ないい》が上からかけられていた。

八兆と力を合わせなんとか取りだし、地面に置いた棺の蓋に仰臥《ぎょうが》させる。扁若は検屍に立ち会った経験から判断し、なにも言わずとも水桶《みずおけ》を複数用意してくれた。

桃花は膝《ひざ》をつき、遺体にかけられていた内衣を取り払う。腹部がやや淡青藍《たんせいらん》色に変色しているが、大きな傷みはない。またざっと見た様子では、うっ血や外傷などもないようで、やわらかく目を閉じ、安らかな死に顔をしていた。

「では、はじめます」

開始を告げる。八兆が筆をとった。

「二十代、浄身。こちら、太医署の医官、白苔という宦官に間違いありませんね？」

扁若が神妙な顔でうなずく。桃花はいつものとおり毛髪から調べはじめ、髪の長さを測り、頭髪で隠れた頭部を仔細《しさい》に観察した。異変は見られない。

「結膜がやや充血。鼻完全、歯完全、口角によだれの痕跡《こんせき》あり。口腔《こうこう》……少量の嘔吐《おうと》の痕跡あり」

「そういえば、房に吐いた跡が少しだけあった。鶏卵大ほどの、ほんの少量だったけれど」

「そちらも記録させていただきまする」

八兆がさらさらと筆を走らせる。どうでもよいが、達筆すぎて読むのに苦労しそうな筆致だった。

「扁若さま、このご遺体は発見時、左肩を下にする形で倒れていたのではありませんか？　こう、左腕をのばすような形で」

「そう……だね。なぜわかるの……？」

いつのまにか小さな薫炉を手にし、ひとりちゃっかりと穢気除《わいきよ》けの『避穢丹《ひさいたん》』を焚《た》いて煙を浴びながら、扁若は気味が悪いものを見る目を桃花に向ける。

「死後、血液は下にさがって溜《た》まりますので、亡くなった姿勢で時間が立てば、下になった部分に血液の色が現われます。わたくしたちはこれを死斑《しはん》と呼びます。この死斑が出ている場所を見れば、死亡時の姿勢が想像できるのです」

答えてから、関節各部をさわり、動かしてみる。

「発見がきのうの朝、とのことでしたね。その際のご遺体の硬直はいかがでしたでしょうか？」

「全身がかちかちで、経穴を調べるために動かすのが容易じゃなかった。服は脱がせられないから切るしかなかったし、棺に入れるにも苦労したよ」

「では、硬直具合と死斑から、亡くなったのは前夜のうちで間違いないと思われます。それと八兆さま、死斑の色は鮮紅色と、しかとご記録くださいませ」

言うと、八兆は手もとも見ずに木簡《もっかん》に書きつけ、垂れ下がったまぶたを押し上げる勢いで遺体を凝視した。

「鮮紅色でございまするか」

「通常の死斑よりも非常に鮮やかな色味を呈しています。扁若《へんじゃく》さまもご確認を」

桃花はまだ硬度を維持している遺体を傾け、ふたりにしめした。

薄明るかった空も青く染まり、手もとの明るさは死斑の色を見てとるに十分だ。しかし八兆にはちがいがわかったようだが、死斑を見慣れない扁若は軽い困惑をにじませた。

「……それで？　よくわからないけれど、死斑の色が鮮やかだとどうだというの？」

「これは、石炭の中毒で死んだ者特有の所見なのです」

「石炭だって？」

「ええ。ご承知のとおり、石炭や木炭を燃した際に出る毒気で、無味無臭、空気の通らない場所で吸いつづけると死に至るものです。こうならないために厨《くりや》は風通しよくつくられておりますし、密室で炭を焚く危険はだれもが知るところだと思うのですけれども」

「その検屍《けんし》は間違いだと思うね。僕は死体を調べるために白苔《はくたい》の房《へや》に入ったけれど、石炭など燃やされてはいなかった」

「では、それが間違いであるということなのでしょう」

桃花《とうか》は内衣をふたたび遺体にかけてやり、棺にもどす手伝いをしてくれるよう八兆に視線でたのんだ。騒がれる前に手早く片づけ、梅婕妤の遺体にたどりつかなくてはならない。

だが扁若は納得できないようで、遺体の足を抱えた桃花の腕をつかむ。

「なんでしょうか？　この者は石炭中毒死に相違ございませんけれども」

「待て！　だから石炭なんて……」

「よろしいですか、扁若さま。死斑の色を細工することはできません。けれども、房を細工することは容易だとは思われませんか？　たとえばはじめに遺体を発見した者が、騒ぎになる前に房から火鉢、あるいは小型炉を持ち出してしまうのです」

「なんのために」

反射のように言い返してから、扁若は顔色を変えた。

「お心当たりがございましたでしょうか？　わたくしは、医官が炭をつかうといえば、まず鍼《はり》や巾《きん》の消毒が思い浮かびます。けれどもそれらは個人が狭い房でおこなうものではないでしょう。ついで浮かぶのが、煎《せん》じ薬《ぐすり》の作成です。こちらは火鉢、あるいは小型の炉を使いますから、房のなかでも可能でしょう。しかし、夜分に房をしめきり、危険な炭を焚いてまで薬を煎じたりするのかはわかりません」

「狗精《くせい》と白馬茎《はくばけい》だ……」

ぼう然としたように、扁若がつぶやいた。

「ついてきて！」

叫ぶように言い、急ぎ棺の蓋を閉めると、しっかりと手の洗浄をはじめる桃花を苛《いら》立《だ》たしげに急《せ》かしてから駆けだした。

向かったさきは、どうやら死者白苔の房である。

扁若は顔色を失いながら、狭い房のなかをひっくり返すようにして家捜《やさが》しをする。

それからいくらも経たないうちに、臥牀《ねどこ》の下から薄い木箱がひっぱりだされた。桃花と八兆《はっちょう》、それにこの騒ぎをなにごとかと不審に思ってやってきた医官数人が見守るなか、開封される。

大事そうに帛《きぬ》に包まれ入っていたのは、へその緒にも似た、生薬のかけらであった。

「鼠じゃなかった。こいつが盗んでいたのか……」

「扁若さま、それは？」

尋ねると、宦官《かんがん》にとってはのどから手が出るほどに欲する仙薬だという。どうやら白苔は鼠に齧《かじ》られたふうを装って削りとり、盗み出していたようだった。

「これをこっそり房で煎じていたんだ。夢中になるあまり換気を忘れ、石炭中毒で倒れて死んだ。それで、最初に死体を発見した何者かが煎じ薬を見つけ、盗んでいった。露見しないように炉か火鉢かも処分したんだ……」

「念のための確認ですけれども、医官であれば煎じられた薬を見て、それがくだんの仙薬だとわかるものなのですか？」

「わかるさ。僕たちがどんな思いであの生薬をながめているか」

そこまで言ってから、扁若はそっと周囲にきこえぬように耳打ちする。

「女官にはとうてい理解できないだろうけれどね」

羞恥《しゅうち》と嘲笑《ちょうしょう》をないまぜにした複雑な表情で、扁若は桃花を見おろすようにあごを上げた。


――女官。

ひやりと冷たい刃物を押し当てられたような気分だった。

桃花が女官であると、ばれている。冷たい汗が背をつたった。

「医者をなめるんじゃない」

なめてなどいない。だが、演技が下手な自信はあった。検屍をしているとつい夢中になって、口調が女性的になってしまったこともあったかもしれない。口調だけで言えば、幼少期に性を取り払われ、後宮という女の園で育った宦官のなかには、女性的なしゃべり方や所作が身についている者も存在する。ごまかしようはあるが、相手は医者だ。骨格がどうなどと指摘されれば、どう返答するのが正解なのか思いつかない。

桃花が緊張して対峙《たいじ》すると、逆に扁若《へんじゃく》は気をぬくように大きく息をついた。

「――なんてね。爺《じい》さん、その記録、末尾に僕の名前は書いた？」

検屍記録をしめして言う。八兆が否と答えると、書くように指示する。八兆はすこしだけためらったが、末尾に記録責任者として太医《たいい》扁若の名を記した。

扁若は人を呼びつけるとそれを託し、急ぎ小宦官を解放してくるよう命じる。桃花を捕らえよ、などとは一言も発さなかった。

「僕は恩も義も知る者だ。死体漁《あさ》りは汚らわしいが、穢《けが》れにまみれなければ為《な》せない仕事もあると、いいかげん認めるよ。老猫」

どういうことだろう、と小首をかしげる。警戒を解いてもよいのだろうか。

「きみの知識は努力によって得たものだろう。医官でも律まで学ぼうとする者は少ない。敬意を表するよ」

「扁若殿、そういうことは、相手に避《ひ》穢丹《さいたん》の煙を浴びせかけながら言うことではございませぬな」

敬意を表しながら、あからさまに桃花《とうか》の穢れを忌避している。それでもいちおう褒められた気がするので、礼を述べた。

「して、梅婕妤《ばいしょうよ》の検屍のほうはいかにお考えにござりまするか？　保留とのことでござりましたが」

「わかっているよ。だけれどね、こればかりは夏陀《かだ》さまに無断というわけにはいかない。生薬盗難と、盗難によってつくられた煎じ薬の盗難についても報告をしなくてはならないし。ついてきて」

扁若の言うことはもっともだ。桃花と八兆はうなずき合い、腹をくくった。

ひとまずあまり目立たぬよう、扁若の手配で医官の前掛けを身に着け、それから太医令のもとへと向かう。

太医令の夏陀は長官という立場かつ、妃嬪《ひひん》に仕えてはいない身である。早起きをする必要がなく、まだ朝の身じたくも済んでいなくてとうぜんの時刻だったが、扁若によるとすでに署の中堂《ひろま》にいるはずだという。勤勉な性格なのか、ただ早起きが好きなだけなのか、判断がつかない。太医令夏陀の性分によって許可がもらえるか否かは決まると言ってよいので、どうしても気になるところだ。

中堂のおもてに着き、扁若が小宦官らに声をかけている。その間に、桃花は八兆にささやきかけた。

「……八兆《はっちょう》さま、もし却下された場合、ご遺体の確認箇所を扁若さまに託すしかありません」

「そうなりましょうな。では、いまのうちに書きつけておくと手早くことが済むと存じまする」

八兆が木簡《もっかん》を取りだす。桃花としてはもちろん弁舌をつくして太医令を説得する所存だが、次善の備えは必要だ。では、と遺体の重要所見について口にしかけたところで、扁若がなにやら声を荒らげて、桃花たちは顔を上げた。

「夏陀さまがご不在だって？」

「はい」

「行きさきは？　またこんな早朝から大家《ターチャ》のお呼びだし？　それとも甲虫《かぶとむし》さがし？」

「さあ……」

「はっきりしろ役立たずめ！　あと甲虫さがしは僕が行くからと、かならずお止めするんだ！」

小宦官に摑《つか》み掛りそうなほどの勢いである。

「扁若さま、どうかなさったのですか？」

「夏陀さまは留守だ。参ったよ……おととい は掖廷《えきてい》に呼びつけられたあげく事件に巻き込まれ、きのうは寝ているところを大家に呼びだされ、けっきょく掖廷まで往復のはめになった。きょうこそはゆっくりとご養生いただきたかったのに、こんな朝っぱらからの外出をゆるしてしまうなんて……」

おまえたちのせいだ、とでも言いたげな目でにらんでいる。

「ご養生とは、太医令さまはご老齢でいらっしゃるのでしょうか？」

「若いよ。そっちの孫延明《そんえんめい》とおなじくらい。夏陀さまは名医だけれど、病を抱えていらっしゃる」

八兆が横から「太医令は病を抱えながらも、生に強く執着した人物として有名にござりまする」と、こそっと教えてくれた。

「そうでしたか。知った以上はわたくしたちも、太医令さまにこれ以上ご負担やご心労をおかけするわけには参りません」

「ほんとだよ。きみたち、やはりさっさと帰って――」

「ですので、わたくしたちですべて解決をしてしまうというのはいかがでしょうか」

扁若が「は？」と眉《まゆ》をよせる。

「さきほど門にて、金品がどうの買収がどうのという話を小耳にはさみましたけれども、この巫蠱《ふこ》事件のせいで太医署は――いえ太医令はずいぶんとわずらわしい思いをなされているご様子。ですので、わたくしたちが検屍《けんし》をして事件解決に一役買い、平和な太医署を一刻も早く取りもどすのです」

「た、たしかに……？」

「善は急げです、手早く検屍を済ませてしまいましょう。わたくしたちが、太医令さまをお救い申しあげます」

ここぞとばかりに訴える。扁若はしばし悩んだあげく、あきらめたような、肝を据えたようなため息をついた。

「――いいだろう。ぜんぜんうまい説得じゃないけれど、その話乗ってあげる」

第三章

動かしがたいもの

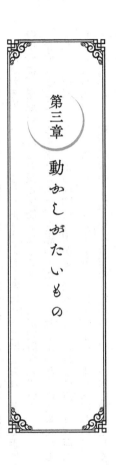

いよいよにござりまするな、と八兆《はっちょう》が興奮と緊張の入りまじった様子でつぶやいた。

扁若《へんじゃく》に案内されたのは、太医署《たいいしょ》中堂《ひろま》の奥、平素は長官の居所、あるいは執務室として使用される室《へや》であった。ふたつある突きだし窓はすべて閉じられ、薄暗く手狭な室の中央に、場違いなほど立派な装飾をほどこされた棺《ひつぎ》が安置されている。

正直なところ、こんなところに、と思わずにはいられなかった。格式もなにもない、ただの一室だ。しかし、棺の周囲には盥《たらい》が足の踏み場もないほどに置かれ、巨大な氷柱《ひょうちゅう》がいくつも立てられていた。足を踏みいれただけで、氷室のように肌寒い。

帝《みかど》の指示だ、と扁若は説明した。少府《しょうふ》所有の氷室からすべての氷を運びだしてでもかまわない、潔斎が終わって迎えにくるまでしかと氷蔵せよ、と命じられているらしい。そこには、死に顔にまみえる時までなんとか寵妃《ちょうひ》の尊厳を守ってやろうとする強い愛情を感じずにはいられなかった。この、一見寵妃の安置には粗末に過ぎる室も、中立の太医署という性質、そして氷蔵に適した狭さであることを鑑《かんが》みれば、最善の選択なのだろう。

「さてどうする？　ここで済ませてくれればそれに越したことはないんだけれど」

「ほんとうは外に運び出していただきたいところなのですけれども、そこまで無茶は申しません。氷を退《ど》かしていただき、窓をすべて開け、灯燭《あかり》で照らしていただければそれでじゅうぶんとさせていただきたく思います」

「棺からは出さないでもらえると助かる」

「はじめてみなければなんとも申せませんが、善処いたしますし、可能であると考えております。——さあ、急ぎとりかかりましょう」

まずは三人で、重く巨大な氷柱をひとつずつ慎重に戸の外に出す。員吏らがなにごとかとこちらを見ていたが、咎《とが》めだてするような者はいなかった。おそらく、扁若の職位と信頼によるものなのだろう。

運び出しは桃花《とうか》たちが棺のまわりに立てるほどの余地ができればよいので、腰は痛くなったが手早く済んだ。

「婕妤《しょうよ》さまの死亡から、一日半ほど。死後の硬直がまだまだありますので、念のためやわらかくする道具を用意しておきたいと思います」

薬研《やげん》を借りて葱《ねぎ》、山椒《さんしょう》、塩、白梅を砕く。これらを酒粕《さけかす》に混ぜて練り、丸めて置いた。室のすぐ外にて小型の炉を点火しておき、これで完了だ。必要となったらこの炉で酒粕を熱して使用すればよい。

あとはサイカチと、手を洗浄するための水桶《みずおけ》を用意し、太医令が使っている大きな燭台《しょくだい》を運びこんで灯りをともす。突き出し窓もすべて開ければ、検屍がぎりぎり可能な照度が手に入った。扁若が薫炉を持ったのとは反対の手に、棺のなかを仔細《しさい》照らすための手燭を掲げる。

八兆が言ったように、いよいよ梅婕妤《ばい》の遺体にまみえるときがきた。

「自害か、毒殺か、これであきらかにできまするな」

「結果がどう出るかまだわかりませんけれども、そのつもりで参りました」

つばを飲みこみ、集中する。

「では、はじめましょう。蓋《ふた》をお願いいたします」

桃花が言うと、八兆が棺の蓋を開ける。棺は二重になっていた。ひとつ、ふたつと開け、蓋は壁によせて置く。

あらわになったのは、死してなお愛らしい顔《かんばせ》をした寵妃の遺体だった。

ぷっくりとしたまぶたからは漆黒の長いまつ毛がのび、影を落としている。形よいくちびるにくわえているのは、角柶という匙《さじ》だ。のちの葬儀では口に穀物などをふくませる。そのために死後硬直の前に差しいれ、すき間をあけておくものだった。

梅婕妤はうつくしい深衣《しんい》を乱れなくまとい、帝《みかど》との最後の別れのときを待っていた。

「どのようにいたしまするか？」

「作業の多いことはいたしません。一度目の検屍につきましてはすでに延明さまから内容をうかがっておりますので。わたくしが確認をしたかったのは、手です」

扁若が手燭で梅婕妤の蒼白《そうはく》な手を照らす。しかと腹部でととのえられた手に、桃花は触れた。見たいのは右手だが、左手を上にして組まれており、やはり硬直で動かない。

さっそくさきほど用意しておいた酒粕を炉で温め、布でくるみ、梅婕妤の左腕にあてた。遺体の左手を軽くゆらすようにしながら温めつづけると、やがて関節が動くようになる。すかさず退かし、顔を近づけて隠されていた右手を見た。あまりにも身を乗り出したので、扁若の手燭で前髪が多少焦げる臭いがしたが、炎上はしなかったので問題ない。

「右手の甲——中指の第三関節に生前のあたらしい傷あり。婕妤という高級なるお立場でありながら、手当てを受けた形跡がございません。これはおひとりになってから、すなわち離れに渡ったのち、亡くなる前までについた傷と推定されます」

「その傷は一度目の検屍の際にも確認済みにござりまする。倒れた際についたものかと考えておりましたが、なにか特別お気づきの点がござりましたか」

「八兆さま、岩に倒れこんだ際についたものでしたら、かならず皮膚に擦ったあと、擦過痕《さっかこん》がのこります。しかしご覧くださいませ、これはそういったたぐいのものではございません」

桃花は遺体の左腕を動かし、肘《ひじ》にある擦過をともなった打撲痕と、右手の傷とを見くらべさせた。肘はたしかに八兆《はっちょう》の見立てで間違いないが、手はちがう。

「なんと。ではいったいどのような？」

「これは咬傷《こうしょう》です。やはり自害などではありません」

桃花が言うと、扁若《へんじゃく》が「咬傷……」と口のなかでくり返す。それからあっと声を上げた。

「わかった。これは、みずから吐こうとしてついたものだ。のどの奥に指を差しいれて刺激し、強引に嘔吐《おうと》をもよおす方法だ。嘔吐《えず》く際に、こうして歯で咬《か》んでしまって傷になることは多い」

「おっしゃるとおりです」

薫炉の煙を手であおいで退かしながら、桃花は肯定した。

「自害であるならば、そこまでして嘔吐をしようと必死になるのは不自然なことです。これは婕妤さまが毒物をそうとは知らず口にしたのだと気がつき、助かりたい一心でおこなった催吐行為の証拠にほかなりません」

「つまり、自害ではないということにござりまするな」

八兆がたれ下がったまぶたに安堵《あんど》の色を浮かべる。

これで、詔獄にてこの傷を指摘すれば、女官長の炎晶《えんしょう》を訊問《じんもん》にかけることができる。

梅婕妤《しょうよ》が毒を口にした経緯について証言を得られる可能性が――

そう桃花《とうか》も一息つきかけた、そのとき。ぞわりと体に悪寒が走った。

「老猫殿？」

「…………ちがいます」

「どうかした？」

「ちがうのですわ、これは……」

桃花は扁若の胸ぐらをつかむ勢いで、詰め寄った。

「ちがいます、これは、毒殺などではございません！　どうか、どうかご遺体を明るい外に出して視《み》させてくださいませ！」

遺体を室《へや》からは出さない。

なるべく守ると言っていた約束を反故《ほご》にしたことに対して、意外にも扁若は不満ひとつ漏らさなかった。

棺の外蓋《そとぶた》をいったん閉め、運び出しに邪魔な氷柱《ひょうちゅう》をさらに外へ出し、員吏を呼びつけて、数人がかりで棺を持ち上げる。さすがに員吏らもなにかあったのか尋ねてきたが、扁若は「明るいところで調べなければならないことがある」とだけ答えた。

慎重を期して室から出し、院子《にわ》に面した中堂《ひろま》の正面へと運ぶ。中堂は南側に大きく開放されている。秋の陽ざしが差しこんで、すでにまぶしいほどに明るくなっていた。

「ここでお願いいたします」

「おろせ」

棺を床に安置すると、おずおずといったていで員吏が尋ねてきた。さすがにおかしいと思ったのだろう。

「……太医薬丞《たいいやくじょう》、これは太医令のご指示なのですか？」

「おまえは詮索《せんさく》できる身分にない」

扁若はそう切り捨て、員吏らをさがらせる。太医薬丞は薬の一切を取りしきる、太医令の副官だ。この若さでと驚いたが、検屍《けんし》とは関係のない話を悠長にしている時間ではない。

桃花は重く大きな棺の蓋をあけた。

「死体は出すの？」

「いえ、このままでけっこうです。扁若さまには心より感謝を申しあげます」

「して、老猫殿はこのままの状態にて、なにをどのように確認めされるおつもりにござりまするか」

「ご覧ください」

桃花は梅婕妤《ばいしょうよ》の口から角柶をはずし、顔面を観察するようにうながした。

「おわかりになるでしょうか。顔――鼻口部が、わずかにですが褐色みを呈しています」

さきほどの薄暗い室内では、あやうく見落としそうになったほどの、ほんのわずかな異常だった。

八兆はじっと見つめ、「はて？」と怪訝《けげん》な声を上げた。

「これは奇妙。わたくしめは掖廷令《えきていれい》との検屍、そして太医令に乞《こ》われての毒検、二度にわたってご遺体を視ておりまするが、かような褐色みは確認できなかったように思いまするが……」

「手や布などのやわらかい物で鼻口部を閉塞《へいそく》、あるいは頸部《けいぶ》を圧迫した場合などは、痕跡《こんせき》がほとんどのこらないことがあります。または、死亡後、時間を置いてからでないとあらわれないことも」

なぜ時間が経つと見えるようになるのか、その理由は桃花にもわからない。祖父は死斑《しはん》の進み具合や遺体の乾燥が関連しているのではないかと推測していたが、確たる証拠はなかった。

「ではこれは、なんらかのやわらかなもので鼻口を閉塞された際の痕跡である、と申されるのでありまするな？」

「僕としては、そう断じるのには痕跡が薄すぎると思うけれどな」

「まだ終わりではありません。顎部《がく》の硬直をとき、口のなかを調べます」

桃花はさきほど使用した酒粕《さけかす》の団子を練り直し、さらに量を増やしてから炉で温めた。それを遺体の頬骨あたりから下に全面的に貼りつけ、首までを覆う。そこに温めた酢をふりかけ、うなじの下には布で包んだ酒粕団子を枕にして入れ、筵《むしろ》をかけた。しばらく置き、開口が可能なほどに硬直が軟化したのを確認すると、酒粕をはがしてゆく。湯水で洗い流したいところだったが、無理を通してくれた扁若《へんじゃく》のためにも、棺のままで検屍をおこなうことにこだわった。持参した布や綿をぬるま湯にひたし、慎重を期しつつ酒粕を取りのぞく。

「では、確認をいたしましょう」

酒粕の枕がうなじの下に入っているので、のけぞった顎部は開口がしやすかった。口を大きく開かせ、口腔《こうこう》の頬肉、そしてくちびるの裏を角度を変えつつよく観察する。嘔吐をくり返した口腔は、吐きだされた胃酸によって傷みはじめていた。しかしそれは死後の変化であり、あくまでも死因には関わらない。

「――ありました」

想像していたものをみつけ、桃花は顔を上げた。

「頬とくちびるの内側に、わずかに出血の痕跡が認められる歯形がございます。とくに糸切り歯、前歯のあたる部分。これは鼻口を塞《ふさ》がれ息をしようとあえいで口を開き、その後、呼吸困難をきたし痙攣《けいれん》を起こした際に外側からの圧迫によってはさまり、嚙《か》んでしまったものと考えられます」

桃花《とうか》はそっと梅婕妤の口を閉じ、角枷をくわえさせた。

「よってこのご遺体は、鼻口部圧迫による窒息死。他殺であると申しあげます」

梅婕妤、名を雪路《せつじ》。後宮に君臨する寵妃《ちょうひ》であり、桃花を三年にわたって仕えさせてくれた女性は、子どもをのこして帰らぬ人になってしまった。それを、桃花はようやく実感した。

＊＊＊

棺や氷柱がもとの状態にもどされた。

帝《みかど》は本日が潔斎明けだ。婕妤もようやく帝と最後の逢瀬《おうせ》を果たすことができるだろう。できることなら、それまでにすべてを解決できていたらよかったのだけれど、と悔いをのこしながら、室の戸を閉めた。

「しかし、とんでもないことになった。毒をあおっての自害か毒殺か、その二択っていう話だったのに、鼻口を塞がれて殺されていただって？」

扁若は困惑しているようだが、もちろん桃花とて戸惑っている。

「ご遺体の状況から、毒を口にされていたのは間違いありませんし、みずからの意思で口になさったものでないことは明白と存じます。この毒に関する件の黒幕は、梅夫人、ひいては梅《ばい》氏なのでしょう」

「詳細はよく知らないけれど、ふたりとも内廷の外だね。最終的にはだれが梅婕妤《しょうよ》を殺した？」

昭陽殿《しょうようでん》のなかには、梅氏側の協力者である女官長がいた。毒で殺しきれなかったため、とどめを――？

「ところで、お尋ねいたしてもよろしゅうございましょうか」

洗浄した手を巾《きん》でふきながら、八兆《はっちょう》が首をかしげる。

「梅婕妤が亡くなり、掖廷令の迅速なる手配にてわたくしめが昭陽殿に駆けつけたとき、かの寵妃はぬかるみにて死んでございました。そして、ぬかるみには足あとが数条――梅婕妤ご自身による岩までの片道が一本。太医令《たいいれい》が遺体まで駆けつけた片道が一本。そして掖廷令が遺体まで駆けつけ、もどってきた往復の二本」

そこまで言うと、横できいていた扁若も奇妙な点に気がつき、眉《まゆ》をひそめた。

「いや、それはおかしい」

「左様。婕妤の死因は鼻口をふさがれての窒息死。これでは、梅婕妤が死後にぬかるみを歩いたのか、または犯人が空を飛んだのか、いずれかということになってしまいまするぞ」

八兆の言葉に、桃花も黙した。

梅婕妤が死んでいたという池ならば、桃花も知っている。池の上には縄が渡され、夜は吊《つ》り灯ろうがいくつも幻想的に灯《とも》されていた。あそこは涼しく、夏から残暑にかけて、梅婕妤がよく過ごしていた場所だ。

離れで鼻口を塞がれたのち瀕死《ひんし》で歩いたかとも想像したが、とても窒息状態で歩ける距離ではなかったはずだ。

「……たしかに、いったいどういうことなのでしょう」

「扁若さま！」

「騒々しい」

足あとの謎について考える間もなく、太医署の員吏が血相を変えて駆けてきた。

「しかし、太医令が……太医令が亡くなったと……急報が！」

「なんだって？」

扁若はかすれた声で訊《き》き返すなり血相を変え、員吏に摑みかかった。

「ばかを言うな！　夏陀《かだ》さまの病は、まだあと数年はもつと……きのうだって元気でいらしたじゃないか！　冗談にもほどがある！」

「こ、ころされたのです」

絞り出すようにして、員吏は言う。衿《えり》が放され、員吏は涙目で呼吸を整えてから大きく叫んだ。

「掖廷令《えきていれい》の孫延明《そんえんめい》に、殺されたのです！」

＊＊＊

老齢の八兆には歩いてくるよう伝え、扁若《へんじゃく》と検屍《けんし》道具を担いだ桃花のふたりで駆けた。

員吏の説明はあまり要領がよいとは言い難く、何が起きたのかを正確に把握することは困難だった。それでも員吏が一貫して主張していたのは、『獄中の孫延明が、差しいれにやってきた太医令夏陀を殺害し、みずからも命を絶った』という話である。

――そんな、延明さま……！

頭のなかが真っ白だ。それでも、延明の潔白はわかる……殺されたのだ。帝の潔斎が終わり、明日には詔獄がひらかれる可能性があったから。

走りながら、なんども膝《ひざ》の力がぬけてしまいそうになった。荷も、足も、なにもかもが重い。だが立ち止まっている場合ではなかった。

『あなたは覚えているだろうか。私が死体となったあかつきには、それはもうじっくりと歯の一本一本まで見つめてくださるとおっしゃったことを』

延明の言葉が思い出されて、ふいに、のどの奥になにか大きく硬い感情の塊がせり上がる。あまりの苦しさに、うめきがもれた。

言った記憶はないが、言ったのだろう。言わなければよかった。

深い悔恨が湧く。まだ延明が大切な友ではなく、ただのやたらと迷惑なひとであったころのことだろう。それでも、言わなければよかった。延明は皇后派であり、太子の腹心なのだ。桃花《とうか》とはちがい、権力闘争と無関係ではいられない。平和のうちに天寿をまっとうするのが困難であると、どうして思い至らなかったのか。

「そんな顔するな。そっちは加害者じゃないか」

若盧寺《じゃくろじ》の門につき、息を切らしながら扁若がにらむ。乱れ、汗で湿った前髪を帽のなかに押し込みながら、桃花は毅然《きぜん》と背をのばした。

「そんな顔とは？　それに延明さまが殺したなどとは員吏がそう告げたにすぎません。自害という話も。それとも員吏が申せばなにもかもが真実になるのでしょうか？　なにもかもをお信じになる？　残念ですけれども、わたくしはわたくしのこの目で見たことしか信じません。そして延明さまはそのような方ではないと、わたくしはこれまでのつき合いで存じています」

扁若は一瞬だけひるんだが、すぐに侮蔑《ぶべつ》をこめて目をつり上げた。

「ふん、どうせ女というのはすぐあの顔に――」

「顔など、生命が有効に機能していれば牛でも狸でもかまいません」

ぴしゃりと言いきる。扁若はなおもなにか言っていたが、意識から締め出した。

こうなったら、ほんとうに歯の一本一本にいたるまで仔細《しさい》に検屍してみせるしかない。延明も、太医令《たいいれい》もだ。

かならず死体にのこされた痕跡《こんせき》から真実を暴き、冤罪《えんざい》を晴らしてみせる。

それが、延明への一番の供養になるはずだ。

獄へとたどりつくと、すでに物々しい雰囲気で騒然としていた。扁若と別れ、人ごみをかき分けようとしたところで、見覚えのある顔が多くいることに気がつく。どうやら集まった掖廷官が、若盧の官吏らを相手に争っているようだった。おそらく延明の遺体をどうするか、だれが調べをおこなうかで対立しているのだろう。

――遺体を、どうするか……。

考えただけで、胃がひっくり返りそうなほどの吐き気がこみあげる。

「検屍官！」

延明の副官の声に、顔を上げる。人垣が割れ、滑りこんだ。

「公孫《こうそん》さま！　わたくしに検屍を……検屍をさせてくださいませ！」

縋《すが》る勢いで叫ぶ。公孫はそんな桃花を落ちつかせるように、両肩をやさしく摑んだ。

「頼む」

言って、桃花の向きを変えさせる。延明が留置されていた獄舎の入り口だ。なかからは、取り乱す扁若の慟哭《どうこく》が響いている。

「華允《かいん》もなかにいるが、正直言って使える状態ではない。記録は自分がとろう」

お願いいたしますとうなずいて、意を決して獄へと向かう。動悸《どうき》が激しい。早く検屍をして真実を暴かねばという思いと、延明の遺体と対面することへの恐怖がせめぎあっていた。死体を怖いと思うのは、記憶にあるかぎり祖父の亡骸《なきがら》を前にしたとき以来だ。

通常の獄舎とはべつに棟が分けられた、頑丈なる詔獄。入り口の前には晴天だというのに水たまりができており、わずかに血の色が混ざっていた。こんな所にまで流血がと思ったが、その近くにて牢番《ろうばん》が袍《ほう》を脱いで桶《おけ》で洗っていた。袍についてしまった血汚れを洗濯しているらしい。そこから漏れて流れたもののようだった。

「その血は、太医令さまのでしょうか、それとも、延明さまの……」

「え？　ああ、太医令だよ。ったく、駆けつけたときに転ぶわ、抱きあげたときにつくわでさ。一張羅がこんなになっちまって、もったいないったらねえよ」

桃花らが延明に面会に入る際、賂《まいない》をふっかけてきていた業突く張りの牢番は、事件よりも血汚れが落ちるかどうかを気にしているようだった。

「まったく、考えてもみりゃ死んでるんだったらわざわざ抱きあげる必要なんてなかったんだ。牢のなかの孫延明《そんえんめい》みたいに、放置しときゃあな。まあ、あっちはかろうじて生きてたみたいだが」

「……生きていた？」

ぱっと公孫をふり仰ぐと、公孫はおどろいたように目をみはり、それから詫《わ》びた。

「情報の共有ができていなかった。すまない。掖廷令《えきていれい》はごぶじだ。――いや、ぶじという表現は間違いか……意識がなく、非常に危険な状態でいらっしゃる。現在は中宮《ちゅうぐう》薬長《やくちょう》が看《み》てくださっているが、呼吸も心音も弱く、どうなるかはわからないそうだ」

「そう、でしたか……」

よかった、とは到底言えない状況だ。しかし、心の準備も不十分なままに延明の死体と対峙《たいじ》する可能性はなくなったということだ。それだけでも、わずかに心が軽くなったような気がした。

重い戸をあけると、臭気が鼻をつく。黴《かび》や排泄《はいせつ》物、稲わらの匂いなどが混じりあったもので、血液臭がしているかどうかはここからでは判別がつかない。入り口から通路がまっすぐに延び、手狭な牢が右手一列にならんでいる。床は張られておらず、全面的に硬い土である。夜にここをおとずれた際は漆黒の暗闇であったが、いまは松明《たいまつ》が通路側にふたつ設置されていた。桃花の視線に気がついてか、公孫が「われわれが点火した」と答える。

扁若《へんじゃく》は通路のもっとも奥、延明がいた牢の前で泣き伏している。縋りついているのは血まみれの遺体だ。おそらく太医令だろう。

「検屍にかかるまえに、華允からせめて説明だけでもさせようと思っていたのだが、いないな……。あれが最初の発見者なのだ。ここで待つよう言ったのだが」

公孫は首をかしげる。一旦《いったん》外に出ようとしたところで、憔悴《しょうすい》した様子の華允がもどってきた。その袍は牢番同様、血にまみれていた。

「どこへ行っていた?」

「すみません、気分が悪くて……」

言いながら軽く嘔吐《えず》くので、桃花《とうか》は華允の背をさすった。華允はこれまで検屍に立ち会うたびに顔色を悪くしていた。今回はくわえて心労もあるだろう。

「外で聴きましょう。風通しのよいところのほうがよいかと」

「いいえ、だいじょうぶです。話します」

華允は蒼白《そうはく》な顔で、ここへは延明との面会にきたのだと説明した。

「そしたら、もうこの状態で……太医令が血まみれで倒れていて、延明さまも牢のなかで……」

あわてて牢番を呼んだという。なにごとかと駆けつけた牢番が太医令の死亡を確認。

延明については錠をあけるわけにはいかないと頑なで、そのまま上官へ報告に走っていったという。

「延明さまはピクリとも動かなくて、死んでいると思いました。牢のなかには小さな竹筒が落ちていて、延明さまの右手には、血濡《ぬ》れの匕首《あいくち》が……。それで、駆けつけた若盧《じゃくろ》の官吏たちは延明さまが太医令《たいいれい》を殺したんだろうって」

その段階になってようやく錠があけられ、延明の状態が確認された。死んでいると思われていたがかろうじて息があった。ところが、獄吏や官吏らは昏睡《こんすい》状態の延明をどうするかで揉《も》めはじめた、と華允は苛立《いらだ》ちもあらわにして言う。

「このままじゃほんとうに死んじゃうと思って、おれ、中宮に向かいました」

皇后は北の離宮に送られたが、連れて行くことがゆるされたのは数名の侍女のみ。中宮の宦官はそのままのこされている。華允の話をきいた中宮薬長らが獄に駆けつけ、有無を言わせず延明を運びだしたのだという。

「延明さまを中宮の宦官《かんがん》にまかせたあとは、掖廷に報《しら》せに行きました」

「そうだ。華允の報せをうけて、われらも駆けつけ、いまに至っている。華允が獄を訪れてからは一時（二時間）も経っていないな？」

公孫《こうそん》の確認に、華允は首肯する。

「状況はわかりました。ところで、点青さまはどちらに？」

点青は延明のとなりの牢にいたはずである。これに答えたのは、ちょうど獄へ入ってきた若盧の官吏だった。

「ここにはおらん。体調を崩したので昨夜から牢を移している。待遇を改善せよと命があったゆえ藁《わら》を替えてやったというのに、病で死なれたのではわれらが罰を受ける」

帯に見えるのは銅印黒綬《こくじゅ》。若盧寺の長官、若盧令だ。

公孫が、桃花や華允《かいん》をかばうように前に立った。

「若盧令、ここはわれら掖廷にお任せいただきたい。こちらには優秀な検屍《けんし》官がおりますゆえ」

「なにを愚かな。ちょいと場を外したすきに潜りこみよって、孫延明の手先どもが。おおかた不利な証拠を隠滅でもする気であろう。疾《と》く出てゆけ」

「承服しかねます。掖廷令は太医令を殺害してなどおらぬのです。牢のなかの掖廷令が、だれの謀略なくして刃などを入手し毒をあおることができましょうや」

公孫が反論したが、若盧令は一笑に付した。

「そんなもの、そこの小僧も含め、ずいぶん出入りしていたようではないか。だれかおえらい御方が不要となった駒に毒と刃《やいば》を渡して自裁を勧めたが、駒はひとり冥府《めいふ》へ渡るを恐れ、太医令を道づれとした。これで解決であろうな」

「なんと蒙昧《もうまい》な！」

公孫が思わず声を荒らげる。ようは皇后が延明に死ぬよう命じたと言っているのだ。さすがに聞き捨てならない。

蒙昧と叫ばれた若盧令は不快に顔を歪《ゆが》め、引き連れていた部下たちが好戦的に前へ出る。

一触即発かと思われた、そのとき。

「すべてに同意しますよ、若盧令」

桃花の背後から、声が響いた。扁若だ。いつのまにか太医令の遺体から離れ、桃花の背後に立っていた。

「掖廷《えきてい》官どもはとても信用がならない。なにか小細工を弄《ろう》される前に、さっさと締め出してください。医官である僕が検屍をしましょう。——この、助手とふたりで」

ぽん、と肩に手を置かれ、桃花はきょとんとした。が、若盧令らの視線が桃花の白い前掛けを捉《とら》えたことで、状況を把握する。そういえば、医官の前掛けを借りたままであった。

桃花はつい巻き込まれていました、という態度で、そそくさと公孫と華允から距離をとる。離れてしまえばたしかに、そろいの前掛けをした桃花と扁若は医官の組みあわせに見える。

「おお、太医であれば信用もできよう」

「集中したいので僕たちだけにしてください。では、若盧令の働き、大家《ターチャ》にしかと伝えておきますよ」

帝《みかど》に近しい侍医の言葉だ。若盧令は気分をよくした顔で、はりきって公孫らを締め出していった。

ふたり、臭気の漂う牢獄《ろうごく》にのこされると、まず桃花《とうか》は礼を告げた。だが扁若《へんじゃく》は充血して腫《は》れぼったくなった目を歪め、桃花をにらんだ。

「礼を言うな。僕はまだ孫延明《そんえんめい》の凶行でないと信じたわけじゃない。……ただ僕も、自分の目で見たものだけを信じるという考え方には賛成だ」

「では、しかと見ましょう。ご遺体にきざまれた事実を。なにが起きたのかは、傷を調べればかならずや判明いたします」

桃花は、血痕《けっこん》などが散る足もとを踏み荒らさないよう伝えてから、牢獄の奥へと向かった。

「駆けつけたときは、足もとのことなど考えていなかったよ……」

扁若に注意を払うよう言ったが、すでに遺体周辺はすっかり荒れている状態だった。駆けつけた者たちが血だまりを踏み、あるいは滑って転倒した形跡まである。太医令が落としたと思われる帽は踏まれ、くしゃくしゃになっていた。

だが荒れた地面に対して、壁に触れた者は少なかったようだった。血が勢いよくしぶき、ところどころ生乾きのまま、事件の凄惨《せいさん》さを伝えていた。ここまで近づくと、牢獄の異臭には血液のつんとした生臭さが混じっているのが明確にわかる。

通路に横たえられていた遺体は、穏やかそうな面立ちの青年だった。顔は蒼白で、頬はややこけている。血濡れた頭部に反して顔がきれいであるのは、おそらく扁若がぬぐったからだろう。まぶたも閉じさせた者がいたかもしれない。

目を引くのは首の刺創だ。皮膚が縮み、ぱっくりと口をあけている。袍《ほう》の袖《そで》も裂けて血濡れていることから、腕にも刺創があるのがわかる。首の創《きず》、それに飛び散った出血量から見ても刺殺に間違いない。

姿勢よく仰臥《ぎょうが》していたが、死後幾度となく動かされているので、これは検屍の参考にはならないと判断した。

「炉は用意したほうがいい？」

遺体を前にして、ふたたび湧きあがった涙をぬぐいながら、扁若が尋ねる。いまのところは要らないと桃花は答えた。

「ここは遺体の創を視《み》るには暗いので、まずは血痕を調べます」

言って荷を下ろし、筆記具を扁若に持たせ、松明《たいまつ》をひとつ手にとる。

「ご覧くださいませ。首から噴出したとみられる血しぶきは、牢に向かっての左手――すなわち通路の奥に向けてはじまり、壁に向けて向きを変えつつ噴出しています」

「そうだね。確認だけど、噴出の向きが、刃をぬいたあと刺創が向いた方向という解釈であっている？」

「あっております。ご記録くださいませ。つぎに壁の血液の高さを測ります。――主たる血しぶきは地面より四尺（約九〇センチ）ほど。これはわたくしの首よりもずっと低い位置です」

「首から噴出した血液が、首の高さよりずっと低い。つまり座っていた？」

「刺された際に座っていた、あるいは膝《ひざ》立ちくらいであったかと想像をいたしますが、これはご遺体の身長を測ってみないことにはなんとも申せませんせん」

それから地面を見る。踏み荒らされてはいるが、もっとも血液が滴下しているのはやはり延明の牢の前だ。ここで襲われたことは間違いない。

対して、延明の牢のなかには血痕の飛び散りが少ない。ただし、嘔吐《おうと》の痕跡《こんせき》があった。投げ出された竹筒も。これらはあとで毒性の検査をする必要がある。延明がにぎっていたという匕首《あいくち》もそのままであったので、巾《きん》でくるんで保管した。

それから松明を掲げつつ、床を這《は》うようにして入り口まで調べる。戸口には、血で汚れた手で触った形跡がのこっていたが、踏み荒らされてしまった血痕同様に、こちらも複数人のものが重なっており、重要な所見は得られなかった。

「では、つぎはご遺体を外で検屍いたします」

「僕が運ぶ」

扁若は強い口調で言ったが、くちびるが震えていた。任せるのは酷かとも思ったが、このあとの検屍ではさらに酷な場面がいくらでも待っている。いま取り乱してしまうようでは、立ち会いはできないだろう。

「……………痛かったでしょう」

桃花が見守るなか、扁若はぽつりとそれだけをこぼして、涙をこらえながら師を抱き上げた。

外へと出ると、若盧令《じゃくろれい》らが手をすり合わせながら扁若に声をかけようとし、抱きかかえられた血濡《ぬ》れの遺体をみて、忌避するように足を止めた。

「これより検屍を屋外にておこなう。穢《けが》れがうつる虞《おそれ》があるため、口を閉じてさがるように」

扁若が厳めしく言うと、若盧令らは口もとを袖で覆い、距離をとる。野次馬根性で集まっていたような官は、そそくさと退散した。公孫《こうそん》らは揉《も》めごとを起こさないよう、若盧令らから離れた位置にて見守っている。華允《かいん》の姿がないのだけが気になるところだが、また気分が悪くなってどこかで吐いているのかもしれない。

遺体を寝かせるための戸板を持ってこさせると、扁若はその上にそっと師を横たえた。顔を伏せ、周囲に知られないよう洟《はな》をすすっている。

桃花《とうか》は遺体の前に膝をつき、背筋を伸ばした。

「これより検屍を開始いたします。……扁若《へんじゃく》さまには耐えがたいこともあるでしょう。離れてくださってかまいません」

「やる。……夏陀《かだ》さまの身になにが起きたのか、僕はすべてを知りたい」

扁若の真っ赤な目には、確固たる覚悟が浮かんでいた。ならば、と桃花は遺体に触れ、読みあげをはじめる。

「二十代、ご遺体は太医令《たいいれい》夏陀さま。身長は七尺五寸（約一七三センチ）。帽は脱げていますけれども、袍には乱れなし。帯に乱れなし。死後の硬直なし。あたらしい遺体であると認められます。では刺創を調べましょう。衣服を脱がせます」

扁若と協力して、遺体の袍を脱がせる。

白日のもとに裸体を晒《さら》された夏陀は、思いのほか痩《や》せこけていた。頬はこけていたが、ゆったりとした袍で包まれていたため想像と差があったのだ。この痩身《そうしん》は、病との闘いによるものなのだろう。また、股間《こかん》には浄身の古傷のかわりに、奇形性の生殖器がのこっていた。機能上の宦官《かんがん》ということであろう。

遺体にのこされた創は、大小十一か所にもおよんだ。全身いたるところが血に濡れ、あまりに痛々しい姿だった。扁若がきれいにぬぐったと思っていた顔も、こうして見ると、まだ刷毛《はけ》で刷いたような薄赤い血の色が如実にのこっている。

「致命傷となったのは、やはりのど骨の左となりに開いた首の創でしょう。はげしい出血の形跡が見られ、生存中のもので間違いありません。創の辺縁は直線的であることから、凶器となったのは鋭い刃物。皮下も鋭く両断。創の両端をくらべると、いっぽうのみが鋭くとがっています。よって、使用された刃物は片刃と断定してよいでしょう」

扁若はそれらの記録をとってから、目を凝らして創を観察しようと試みる。桃花は創を指さし、刺創は凶器の形がほとんどそのまま刻印されることを説明した。これは片刃であるので刃側が鋭く、刃物をぬく際には皮膚をさらに切開している。対して刀《み》背《ね》側となったほうは、刃がないので角があり、鈍い形を形成しているのだ。

「ですのでこのように、ひらいた創の辺縁を指でぴったりと閉じてやると、刃物の断面とほぼおなじ形になるのです。ではこの閉じた状態で、長さを測ります」

曲尺《かねじゃく》をあてる。一寸強だ。つぎに深さを測る。首の中心部に向かって斜めに刺入した創は、深さが三寸半。

桃花は牢のなかでひろって保管した匕首《あいくち》を取りだし、創と照合する。創は刃で切開されているぶん若干長かったが、同一のものとみて相違ない。

同様の方法にて、右腕、頭部、腹部の創を観察、測定する。

十一か所すべてを終えると、扁若は桃花に問いのまなざしを向けた。

「――どう？　なにかわかったわけ」

「あらゆることが」

桃花がそう答えると、見守っていた公孫ら、それに若盧令らもそばに寄る。

「まずは、刺された順番から説明いたします。これは創の内部を観察しますとだいたい判明いたします。首の創は暗赤色の血液で満たされており、周囲に付着した血液から、かなりの出血があったとわかります。これが一撃目でしょう」

つぎに、と桃花は遺体の右腕をそっと持ち上げた。

「意識ある状態にて襲われれば、動けるかぎりひとはかならず抵抗をいたします。あるいは、身を守ろうとするでしょう。このご遺体も右腕に創が多く存在し、五か所。肘《ひじ》から手のひらにかけて集中していることから――」

桃花は右腕を動かし、遺体の顔や頭部をかばう姿勢をとらせた。

「このような姿勢にて防御をおこなったと見られます。この姿勢ですと、首の創と片刃の向きや角度がほぼ符合いたしますので、間違いありません。かばいきれず受傷した創が、頭部の四か所。これらが首の受傷よりもあとであると特定される理由は、首の創があまり乱れていないことと、腕や頭部の創において出血反応が弱まっているためです」

ご覧くださいませ、と観察しやすい腕の創をしめす。

「創の内部を観察いたしますと、辺縁に出血が見られますが、なかの黄色い皮下脂肪が見えています。これはこの創《きず》を受傷した時点で生命がすでに弱まっていた証《あか》しです」

つぎに、遺体の腕をおろして腹部の刺創を指す。

「右わき腹――刃が臍《へそ》を向いたこの一撃は、最後です。出血がなく、黄色い皮下脂肪しか見えません。これは生命が尽きたあとにて刺された一撃です」

説明をきくあいだ、扁若はじっとくちびるを強く噛《か》みしめていた。

検屍官《けんし》、と公孫《こうそん》が質問を挟む。

「首の創に乱れがないというのは、無抵抗状態で一撃目を喰《く》らった、という解釈であっているだろうか。つまり、背後から襲われたものであると」

「視界に入る状態で刃物をふりかざされれば、反射的に防御をいたします。左の首を狙われ、左手にかばった受傷がないということは、公孫さまのおっしゃる通りの推測でよろしいかと存じます。――すなわち、犯人は左手に刃《やいば》を持ち、背後から襲ったと考えるのが自然でしょう」

延明《えんめい》は左利きではない。公孫と視線で確認し合う。しかしこういったことは、「あえて左手に持ったのやもしれぬ」などといわれることが想像できるので、声高に唱えることはできない。

また、と、桃花《とうか》は遺体の腕をふたたび持ち上げ、防御の体勢をとらせる。

「創口の縁にできるわずかに擦《す》ったあと――擦過痕《さっかこん》から、創の刺入方向がわかります。腕はそれが顕著で、このように防御姿勢をとった状態にて、凶器は刃を下に向け、逆手《さかて》にて、上から下に振り下ろされていたのがわかります」

桃花はそう言い、遺体の姿勢を安らかなように整えてから、みずから匕首を手にして立ちあがった。

「では扁若《へんじゃく》さま、牢獄《ろうごく》にのこされた血痕《けっこん》とあわせて確認をいたしましょう」

「若盧令《じゃくろれい》とご側近がたも、どうぞ確認につきあってください。掖廷《えきてい》どもは帰れ……と言いたいところだが、一名だけ同行を許可する。松明《たいまつ》係りをしてもらおう」

扁若が言うと公孫が拱手《きょうしゅ》し、ついてくる。

延明が使っていた牢の前へと到着すると、桃花は犯人役、扁若が太医令《たいいれい》の役となった。公孫が松明を手に、周囲を照らす。

「はじめましょう」

まず、扁若が牢の内部を向いて膝《ひざ》立ちになった。通路にて背後に立った桃花は、さきほど推測したように左の逆手で刃が下になるように匕首を持ち、首めがけて斜めに振り下ろすふりをする。

「これが一撃目です」

さっそく異論をはさんだのは若盧令だ。

「はじめから間違っておる。なぜ孫《そん》延明が牢を出ている?」

「わかりました。遺体にのこっている痕跡《こんせき》は動かしがたいので、それでは太医令役の扁若さまには鉄格子を背にするように向きを変えていただき、延明さま役のわたくしが牢のなかに入ります」

「まて」

素直に訂正し、こんどは鉄格子を挟んで、扁若の背後から襲うかたちをとる。

「一撃目。鉄格子が邪魔で、凶器を思いきり振り下ろすことは非常に困難ですが、できたと仮定しましょう。刺された太医令は反射的にふり返ります。向かい合えば凶器は右に見えるので、おもに右腕にて防御をします。左手には創がないので、首の刺創をおさえていたのかもしれませんが、これは確定ではありません」

扁若は言われたようにふり返り、右腕で顔あたりをかばう。彼の場合、左手は地面について体をささえる役割となった。

桃花は追撃を仕掛けようとさらに凶器を振り下ろす——が、扁若にはとどかない。

扁若が後退《あとずさ》って、鉄格子から離れたのだ。

「……いや、おかしくないだろう? 逃げないほうがどうかしている」

扁若がしれっと言うと、若盧令が瞠目《どうもく》する。

「おわかりいただけたでしょうか？　牢のなかからでは、しつように凶行をつづけることは不可能です」

「いや、相手を摑《つか》めばよい！」

「着衣に争い乱れた形跡はありません。なにより、通路と壁の血痕をご覧くださいませ」

公孫が松明で照らす。ゆれる明かりに照らされて、しぶいた赤黒い血痕がはっきりと見てとれた。

「一撃目の首から吹きだした血は、牢を向いての左側から、通路側の壁に向かって痕跡をのこしています。これは一撃目を刺された際に太医令が牢のほうを向いており、そこから背後をふり返ったことをあらわしているのです。もちろん、瞬時のことですけれども」

若盧令はなにか反駁《はんばく》をしようとしたが、やめて黙した。

桃花はふたたび通路に出た。

牢を向いて膝をつく扁若の背後に立ち、左から一撃を振り下ろす。扁若はふり返り、鉄格子を背にして顔をかばった。そこへ計九回の凶行をくり返す。

「出血の状態から、命が尽きるまでそう時間はかからなかったことがうかがえます。太医令は左側面を下にして、倒れます。がら空きになった右わき腹へ、トドメの一撃。

これは出血がなかったことから、命が尽きたのちの一撃であったことは間違いありません」

以上です、と告げると扁若が「ご苦労」と上官らしくねぎらう。

「なにか異論はありますか、若盧令？」

「い、いや……ない、が。ではどういうことだ？　匕首《あいくち》は牢のなかの孫延明が……」

「明白なことです」

桃花はつぎに毒の有無をしらべるため、牢に入り、酒粕《さけかす》で吐瀉《としゃ》物を採取してから顔を上げた。

「はじめに事件を発見した華允《かいん》さんのお話では、牢のなかで延明《えんめい》さまは倒れ、その手に匕首をにぎっていたとのこと。順序を鑑《かんが》みれば、これは非常に奇妙ではありませんか。太医令を殺害し、のち服毒によって自裁しようとしたのであれば、なんのために刃物を最後までにぎっていたのでしょう？　しかも手枷《てかせ》をはめられ、不自由な手です。ふつうは刃物を捨てて手をあけてから、竹筒をもって毒をあおるものでは？」

それなのに、実際には竹筒は投げだされ、刃物のほうをにぎったまま昏睡《こんすい》していた。嘔吐《おうと》している最中も、刃物はけっして投げ出さずににぎりしめていたことになってしまう。

「では、あれは何者かによる小細工……しかし」

「しかし、牢には錠がかかっておりましたでしょう。錠をあけられる者は、限られております」

若盧令はゆっくりと戸口を向く。戸口からは、さきほど血濡《ぬ》れの袍《ほう》を洗濯していた業突く張りの牢番《ろうばん》がこちらをのぞいていたが、なにかを察したのか、突如脱兎《だっと》のごとく逃げ出した。

「――ひ、引っ捕らえよ！　そこの牢番を確保せよっ！」

若盧令《じゃくろれい》が咆哮《ほうこう》のように命《めい》を発し、側近の官吏らが走りだす。

「ちなみにですけれども、逆手で匕首などを数度にわたって振り下ろしますと、高確率にて犯人もみずからの手を自傷いたします。ご参考までに」

まもなく牢番は確保に至り、その左手に深くあたらしい創傷があることが確認され、正式に縄についた。

それを見届けた扁若《へんじゃく》は、こらえかねたように目もとを覆い、肩を震わせて涙していた。

「——桶《おけ》にあらかじめ水を用意しておき、頭と顔を洗い、返り血を浴びた袍は裏返しに着てごまかしていたようです」

そう説明し、公孫《こうそん》はなんとも大胆であると評した。牢番の話である。

その後、牢番は面会にきた華允を獄中へ通し、その後の騒ぎに乗じて衣を洗い、証拠の隠滅をはかっていたと自供したらしい。

「ほおう。で？　どうせ殺しを命じられてたんだろ。だれだと言っている？」

そう尋ねたのは点青《てんせい》だ。竹製のござのうえに筵《むしろ》を十枚重ね、その上でふんぞり返って座している。顔色はあまりよくない。

＊＊＊

空は太医《たいい》署で見上げたときのまま、高く澄んでいる。陽がまぶしく中天に輝き、その下にて桃花《とうか》と公孫、それに八兆《はっちょう》が点青を囲んでいた。

若盧獄、その青空訊問《じんもん》をおこなうための一角である。

太医令を殺した牢番の聴取がある程度まで進んだことから、情報を共有しようと集まったところだった。このような場所が選ばれたのは、点青への面会を若盧令に掛け合ったところ、面会は許可できないが訊問ならばよいとの返答があったためだった。

若盧令なりの譲歩なのだろう。

かくして、訊問の体裁をとってはいるものの、手枷をはめられた点青がなぜか最もふんぞり返っているという、奇妙な光景ができあがったのだった。たしかに、位でいえば大長秋丞《だいちょうしゅうじょう》の点青が最も高位ではある。

「牢番は、依頼の相手がだれかは知らないとの主張であるとのこと。聴取によると、指示が書かれた帛《きぬ》と凶器、そして報酬の三割が届いていたのだそうです。のこりは成功報酬であり、依頼人を知れば始末されると考えて詮索《せんさく》はしなかったと言っているようです」

牢番は指示書にしたがい、訪れた太医令を殺害した。愚かにも実行にうつした理由について、牢番は金への執着のほか、断れば口封じに始末される危険を感じたからであるとも供述しているという。

「じゃあ、延明は？　俺とあいつに毒を飲ませた件についてはなんだって？」

「それについてなのですが……」

公孫は当惑の表情を浮かべた。

「前夜のうちに大長秋丞のお食事に一服盛ったことは認めております。しかし、掖廷《えきてい》令《れい》が口にした毒については頑として否定しているとのこと。――牢番は、太医令が飲ませたのだと主張をしているときいております」

「……どういうこった？　夏陀《かだ》が延明を殺そうとした？　んなばかな」

「指示書には、太医令が掖廷令を殺したのち、太医令を殺して掖廷令に罪をなすりつけるように書かれていたそうで。ただ、指示書に関してはすでに焼却されており、裏付けは不可能であるというのが獄吏からきいた話です」

「そういえば、太医署に不審な金品が届いているという話がございました。迷惑そうにしてたらしたので、受けとってはいないご様子とお見受けしましたけれども」

桃花が思い出して言うと、公孫と点青はむずかしい表情にてうなるように考え込む。

「……夏陀も殺しの依頼を受けて手を染めた？　いや、それはないな。あいつは金で動かない」

「そもそもの話、太医令はなぜ掖廷令に会いに行ったのか……」

点青と公孫のふたりが黙りこむと、老検屍《けんし》官の八兆が口をひらく。

「牢番の虚言にございませぬか。太医令はなにか重要なことがらを知っていて、それを掖廷令に教えに行ったのやもしれませぬ。届いていた金品は口止め料であったのやも」

「重要なことがらってなんだよ」

「梅婕妤《ばいしょうよ》殺害に関することがらにございましょう」

たしかに、と点青は手枷で膝《ひざ》を打った。

「夏陀は梅婕妤の死体がみつかったとき、延明《えんめい》といっしょに現場にいたな。延明が掖廷官を呼びに行っているあいだ、なにかを見た可能性はある。なあ公孫」

「は。しかし、なにかとはいったいなにでありましょう？」

「わたくしめ愚考いたしまするに、死体を歩かせた仕掛け、あるいは殺害犯が空を飛んだ仕掛けの始末ではなかろうかと思いまするが、いかがにござりましょう」

点青も公孫もぽかんと口を開けた。点青が「爺《じい》さん耄碌《もうろく》か」と胡乱《うろん》な目を向ける。

そういえば、と桃花は思った。梅婕妤の検屍結果について、まだだれにも報告を上げていないではないか。

桃花は遅まきながら、「あの」とおずおず切り出した。

「ご報告が申し遅れてしまいまして恐縮なのですけれども、わたくしたち、早朝に梅婕妤の検屍をおこなって参りました」

「なぜそれを早く言わない！」

点青が前のめりに転びそうになる。

「それで結果はどうだった？　婕妤《むすめ》による自害か、母による殺しか？」

「殺しにて間違いございません」

「よし！」

「何者かによって直接鼻口部を塞《ふさ》がれての窒息死と鑑定をいたしました」

拳《こぶし》をにぎった姿勢で、点青が固まった。数拍の沈黙がおりる。

「……なんだって？」

「鼻口部閉塞《へいそく》による窒息死に相違ございません」

「……まてまて、なんでそうなった……おかしいだろう。俺は死体発見時の状況をなんども牢《ろう》できいて知っている。梅婕妤は毒を飲み、ぬかるみで死んでいた。そうだな八兆《はっちょう》？」

「左様にござりまする。しかし毒では死にきれなかったもよう。嘔吐をくり返したのが功を奏したのやもしれませぬな。それでとどめをさされたものかと愚考いたしまするが」

「いやいやだから、延明が死体を見つけたとき、ぬかるみには梅婕妤本人と、延明と夏陀の足あとしかなかったときいているぞ。それをどうやって――あ、なるほど……だからなにか足あとをのこさない仕掛けや細工があって、それを犯人が回収するところを夏陀は見てしまった、あるいはあとになって気がついて延明に教えに行ったが口封じされた……とそういう推理か」

「左様にござりまする」

「しかし足あとをのこさないで殺す方法か……わからんな。やったのは梅夫人の協力者である女官長だろうが……。八兆、おまえはなにか見ていないのか」

点青《てんせい》に尋ねられ、八兆はしばし考えをめぐらせ、「そういいますれば……」と中空をにらんだ。

「ぬかるみの上には縄がめぐらされてござりましたな。灯ろうを飾るための縄が、ちょうど梅婕妤がお倒れになられていた岩にくくられてござりました」

「縄か。あやしいな。だがさすがに強度はどうなんだ？　灯ろう用の縄では、俺がぶら下がったならもちろん、大人の女だったとしても切れたり外れたりしそうなもんだが……あの場所には、ほかにだれがいたんだったか」

「死体発見時におりましたのは、張傛華《ちょうようか》、田寧寧《でんねいねい》、女官長、あとは楽妓《がくぎ》らや配膳《はいぜん》女官、嘗毒《どくみ》の下級宦官《かんがん》らにござりましょう」

「うーん、縄渡りは難しいか」

さらになにか細工があったのかもしれないな、と点青が推測したところで、連絡係りの冰暉《ひょうき》がやってきた。彼は延明の容体を知るため、中宮《ちゅうぐう》へと足を運んでいたのだ。

「ずいぶん遅かったな」

「申しあげます。延明さまはいまだ意識もどらずとのこと。非常にきびしい容体がつづいているようです。また、呼吸麻痺《まひ》の症状から、使用された毒物は冶葛《やかつ》であろうというのが中宮薬長《やくちょう》からの報告にございます」

そうか、と点青が答え、一同に重苦しい沈黙がおりる。桃花《とうか》も胸の奥にずっしりと泥を詰められたような気分だった。延明の検屍は、できればしたくないというのが正直な気持ちだ。

だれもが沈鬱《ちんうつ》にうつむくなか、冰暉は警戒したように一同を見回した。

「――失礼ながら、華允《かいん》という小宦官はどちらに？」

「華允ならば廁《かわや》に……いや遅いな」

公孫《こうそん》が答えると、冰暉は表情を険しくする。その目は桃花に向けられた。

「やはり、話していなかったのですね」

「なんのことでしょうか？」

「華允が間諜《かんちょう》であるという話です」

「なんだって⁉」

点青らが驚愕《きょうがく》の声を上げる。

きびしく咎《とが》める目で、冰暉は桃花を射た。

「織室《しょくしつ》宦官の亮《りょう》との話、きかせてもらいました。華允の師父、燕年《えんねん》は梅《ばい》氏側の間諜であったと。師父がそうであれば、華允もまた同様である可能性が高いでしょう。あなたであればすぐさま報告を上げて警戒をしているものとばかり思っていましたが、まさかこのような重大なることがらを忘失しているとは」

強く非難して、冰暉は一枚の書を取りだした。

「これはいましがた届けられたもの。延明《えんめい》さまや太子殿下を支援している河西《かせい》の名士、董《とう》氏からの文です。延明さまが毒に倒れたことを知り、『けさの開門一番に託した証拠の品はどうなっただろうか』と危惧《きぐ》する内容となっています。路門《ろもん》にて調べたところ、この証拠の品というものを受けとったのが、華允であると判明しました」

「それでおもどりが遅かったのですね」

「なにをのんきな。証拠の品が、梅氏が放った間諜の手に渡ってしまったのですよ！」

「おっしゃることがよくわかりませんけれども。梅氏の間諜であるというのは、亮さまが想像で申したに過ぎないではありませんか。なにをもってそのように断じるのでしょう」

「き……桃李《とうり》殿！」

姫《き》女官と呼ぶことだけはかろうじて堪《こら》えつつ、冰暉は声を荒らげる。

止めたのは点青だった。

「やめろ。ほんとうにやめてくれ……情報量が多すぎて頭がどうにかなりそうだ」

手枷《てかせ》で拘束された手で、器用に頭を掻《か》きむしる。

「よし、ひとつひとつ確認していこう。華允が間諜というのは間違いないのか？」

「師父であった燕年が梅氏側の間諜であったことはほぼ間違いないかと」

冰暉が言うので、「いいえ」と桃花はこれを一部否定した。

「梅氏とは限りません。当時、燕年というかたが馮婕妤《ふうしょうよ》を失脚させる役割を担ったのはたしかかもしれませんけれども、それによって利益——寵愛《ちょうあい》の確率が増えたのは梅氏の娘には限らなかったことと存じます」

「しかし結果として、梅婕妤が寵愛を独占するきっかけとなりました」

「あくまでそれは結果に過ぎませんわ」

「言い争うな。師については了解した。で、華允のほうはどうなんだ？」

そういえば、と公孫があごをさする。

「あれはよく夜中にこっそりと房《へや》をぬけだしておりました。ただ、これに関しては掖《えき》廷令《ていれい》がそっとしておくようにと」

「なんだ？　あいつ、餓鬼《ガキ》があやしいのを知っていて放置していたのか？」

「餓鬼と申せば、子どもでありますれば縄渡りが可能やもしれませぬな」

八兆《はっちょう》がつぶやく。ぬかるみの宙にめぐらされていた縄の話だ。

点青《てんせい》は目を鋭くすがめた。

「……公孫、事件当時、餓鬼はどこにいた？」

「洗沐《やすみ》にて……所在については把握しておりません。しかし思い返せば、今朝なにゆえ華允は掖廷令に面会に行ったのか……」

「おまえの指示じゃないのか？」

点青が問うと、公孫は首を横にふる。しかりしかりと八兆がうなずいた。

「華允《かいん》があの竹筒を渡したのでありますれば、掖廷令が毒を口にした経緯も、おのずと納得できましょうな。牢番《ろうばん》が渡したものならば、安易に口にはいたしますまい」

点青の顔がみるみる険しくなる。あの餓鬼と罵《ののし》ろうとするので、桃花は挙手した。

「わたくしはそのようには思いません」

冰暉が反駁《はんばく》しようとしたが、点青がそれを止めた。

「……老猫の話をきこう」

「まず、縄がどうのこうのという案は捨ておきくださいませ。華允さんはそこまで小さくはございませんし、よけいな足あとがなかったというのならば、それこそ縄は池に水があったときに渡されたものであるのでしょう。婕妤さまが離れで死なず、ぬかるみに足を踏みいれたことは、だれも想像のできない不測の事態であった以上、この縄を人が渡れるよう前もって細工しておくことは不可能です。仕掛けなどというものを事前に準備することもかなわなかったでしょう」

「お、おう……たしかにそうだ」

「それにいくら女官長という梅氏の内通者がいたとしても、離れは昭陽殿《しょうようでん》の奥まった位置にありますので、華允さんをだれにも見られることなく現場まで到達させることは不可能であると考えます」

「なるほど、反論は思いつかないな」

納得してくれたか、と安堵《あんど》したが、すぐさま点青は「だが」とつづけた。

「縄でもない、餓鬼でもないならば、どうやって殺《や》った？　まっさきに延明が駆けつけたときには、すでに死んでいたんだぞ。だれがどうやって足あとをつけずに梅婕妤を殺害する？」

足あとをつけずに、ぬかるみを渡る方法——。

桃花《とうか》は腕を軽く組み、口もとに手をあて潜考する。

もっとも簡易な方法は、梅婕妤の通った足あとを踏んで往復する方法だ。

だが、どうだろう。そのためにはまず廻廊《かいろう》を通って離れまで渡らねばならない。廻廊につながる建物には張俗華《ちょうようか》や田寧寧《でんねいねい》、それに配膳の女官たちもいたのだ。可能だろうか？　それに泥は足首ほどまであったという話だ。足あとをたどるなど現実的だろうか？　泥だらけになった足や衣服は、いつどうやってだれにも知られずに処理したのか？

——現実的ではない。

桃花はそう判断を下した。

なにより、梅氏側にはそこまでして婕妤にとどめを刺す必要性があったとも思えない。梅婕妤が生きていても、このはかりごとには問題がない。

なぜなら、子が親の罪を告発することは孝の観点から禁じられているからだ。もし婕妤《しょうよ》が母に騙《だま》されて毒を飲んだと証言すれば、この場合、梅《ばい》婕妤に科せられるのは絞刑である。毒で死なず、回復を果たしたとしても口をつぐむよりほかにない。ゆえに、めんどうなことをしてまでとどめを刺す必要がないのだ。

「点青さま。不可能なことは、不可能です」

「おい」

「いいえ、これは大事なことです」

桃花は四人をゆっくりと見回した。

「不可能を不可能であると認めれば、犯人たりうる者はたったひとりしか存在いたしません。――梅婕妤を殺害したのは、太医令《たいいれい》の夏陀《かだ》さまですわ」

ばかな、と四人全員が動揺を見せた。

「老猫きいていたか？　延明《えんめい》が最初に死体に駆けつけた。そのときには死んでいたんだぞ。夏陀は延明のあとからきた」

「よろしいでしょうか。死因は変えることができず、足あとは消すことがかないません。でしたら、動かすことが可能であるのは〝いつ死んだか〟という認識しかあとはのこっておりません」

「いつ死んだか……？」

「そうです。つまり、延明さまが駆けつけ、つぎに夏陀さまが駆けつけたとき、婕妤さまはまだ死んではいなかったということです。延明さまが掖廷官《えきていかん》を呼びに離れたあと、鼻口を塞《ふさ》いで殺害をする。そうすれば足あとはなんの問題もなく、梅婕妤を窒息死させることが可能です」

は？　と点青《てんせい》があごを落とす。

「おまえなにを言ってる。夏陀が、死んでいるとうそをついただと？　なんのために？」

「うそ、とはちがうのではないでしょうか。延明さまも治葛《やかつ》で倒れておりますけれども、若盧でうかがったとき、公孫《こうそん》さまのお話では『呼吸心音ともに弱い状態』ということでした。さきほど氷暉《ひょうき》さまは『呼吸麻痺《まひ》』の症状とも。婕妤さまが口にしたのもおなじ治葛であったのなら、似たような症状であったと想像できます。さらに重かったとすれば仮死状態であったとも。つまり、死んでいるというのはその場の動揺による誤診だったのでは、と推察いたします」

夏陀はその後、延明がもどってくるのをひとりで待つあいだ、梅婕妤の心の臓がまだかすかに動いていることに気がついたのではないか。

「おいおいおい……」

点青をはじめ、だれもが信じがたいといった表情だ。

「だいたい、生きていたならそれでいいじゃないか。梅婕妤の治療にあたればいいものを、なぜ殺したりする？　夏陀が梅夫人の仲間だとでも言うつもりか？　荒唐無稽《こうとうむけい》も甚だしいぞ」

怒り含みの言葉を、桃花は「いいえ」と否定した。

「そのようには考えておりません。太医令は政治的に中立であり、金銭で動く人物でもないとうかがっております。では、婕妤さまを殺害したとすれば、それはおのれのためにほかなりません」

点青はなにかに気がついたように口をひらきかけ、そして止め、青い目に苦渋を浮かべてうめいた。

「……まさか……罰を、恐れたか」

「そのように推察をいたします」

太医令の夏陀は、生に執着する人物であったという。

もし梅婕妤が仮死となるほど重篤な症状であったなら、夏陀はその後の展開を恐れたはずだ。寵妃《ちょうひ》の一大事に治療を任されるのは高確率にて夏陀であり、助かる見込みの薄い状態からの治療を経て死亡すれば、その責任を負うのもまた夏陀である。

「太医令にとって、婕妤さまはそのまま誤診そのとおりに死んでいてくださったほうが、都合がよろしかったのです。さいわいと申してよいのかわかりませんが、ぬかるみで婕妤さまのそばにいるのは太医令たったひとり。延明さまの話によれば、岩の陰となって建物からはよく見えない位置であったようです。こっそり鼻口を塞いでしまえば、だれにも気づかれることはございません。弱っていた婕妤さまは抵抗すらままならなかったと考えられます」

これで、窒息死と足あとの問題は解決する。

「その夏陀は、なぜ殺された？」

「殺される前に、延明さまを殺そうとしたのも太医令であると推察いたします。八兆《はっちょう》さまがさきほどおっしゃったように、牢番《ろうばん》が渡したものでしたら延明さまも毒など口にはしなかったでしょう。中立をつらぬく太医令であるからこそ、信用されたのだと」

牢番による『太医令が毒を飲ませた』という供述は、真実であったのだ。

「つぎに、ではなぜ延明さまを殺そうとしたのかについてですけれども、これは太医令を殺害した牢番への指示が、太医令が延明さまを殺すことが前提となっていることから、指示書を書いた人物は太医令の行動をあらかじめ知っていたことになります。知っていたのは、太医令に延明さまを殺すよう指示を出したから——すなわち、太医令による延明さま毒殺未遂は、何者かによる指示のもとでおこなわれたと考えられるのです。そしてこれは延明さま殺害、および太医令《たいいれい》殺害には同一の指示者がいたという証左にほかなりません」

「わかりたくないが、なんとなくわかってきたぞ」

　点青は空を仰いだ。

「その指示者は、夏陀を動かすことができ、夏陀が生きていては都合が悪い人物だ。だが夏陀を動かすことができるのは金じゃない。――報酬でないのなら、脅迫だ」

「わたくしもそのように考えます。人殺しを迫ることができるほどの脅迫内容は限られているでしょう。太医令さまはおそらく、梅婕妤《ばいしょうよ》の殺害を見られていたのです」

　公孫らは瞠目《どうもく》し、顔を見合わせた。

「あの場に集っていたのは、張傛華《ちょうようか》、田寧寧《でんねいねい》、女官長、あとは下級の者たちだ！」

「下級の者たちでは、毒薬や匕首《あいくち》などは独断で手配できるものではございますまい。それに掖廷令《えきていれい》が飲まされたのが冶葛というのも印象深いところでありまするな」

「冶葛、冶葛を後宮に持ち込んだのは司馬《しば》雨春《うしゅん》、その司馬雨春にはねんごろな間柄の女がいた可能性がある。女には、呂美人《りょびじん》との接点が必要」

　点青はつぶやき、さいごにひとつの名を口にした。

「……張傛華」

　ごくりと唾《つば》を呑《の》みくだす面々に、桃花《とうか》は「よろしいでしょうか」と声をかける。

「当時の状況を再確認いたしましょう。延明《えんめい》さまが急ぎ昭陽殿《しょうようでん》を離れなければならなかった際、田寧寧さまが気絶なさいました。延明さまは女官長に別室での介抱を命じたとのこと。それから露台に面した部屋の守護を張傛華さまにお任せになった」

「ああそうだ。夏陀《かだ》が梅婕妤を殺したのなら、目撃できたのは張傛華ひとりだ」

「……いや、おかしくありませんか？」

疑義を呈したのは氷暉だ。

「張傛華が部屋にいることを知っていながら、そのように大胆な殺しをするでしょうか。たとえ大岩があったにしても」

「おっしゃることはよくわかります。しかしこのおふたりはどちらもともに、婕妤さまが生きていては都合が悪いという共通点があるのです」

梅婕妤の父である三公梅氏は、帝《みかど》の病に気がつき、保身のために許《きょ》皇后と太子を廃する策を講じた。これが今回の巫蠱《ふこ》偽装事件である。

この策において、後宮内の協力者は重要な鍵《かぎ》だ。わざわざ砒霜《ひそ》をしみこませた巫蠱の呪具とされるものを用意し、三区に埋めなくてはならない。三区を掘るよう仕向けるうわさを流す必要もあった。

これらは女官長ていどの立場にてどうにかできる規模ではなく、高級位にある人物による暗躍が必要となる。

「張偐華さまは家格が高くとも子のない妃嬪《ひひん》。皇后の座につくことはできません。けれども、梅氏の後援があったならどうでしょう？　梅氏は今回の策謀のため、張偐華さまと取り引きをしたのではありませんか？　協力の見返りとして、孫の蒼《そう》皇子を張偐華さまの養子とし、皇后に冊立するとのお約束を」

「梅氏と張氏が共謀……」

「しかしこの場合、張偐華さまからすると、梅婕妤さまが生きていては元も子もありません。梅氏にとっては必須《ひっす》でない婕妤さまの死も、張偐華さまにとっては絶対条件であったのです。婕妤さまがご存命では、皇后の座につくことはできないのですから」

「それで、瀕死《ひんし》の婕妤のそばにいた夏陀に命じたのか？　殺せ、と」

「殺害を黙認するという意思表示だけでもよかったかもしれません。太医令は命じられずとも婕妤さまを殺さねばならなかったのですから」

ふたりのあいだにどのようなやりとりがあったのかはわからない。だが夏陀は手を下した。太医署に届いていた金品は、殺害への謝礼であったのかもしれない。

「太医令夏陀さまは、生に執着するがゆえに瀕死の梅婕妤さまを殺し、結果、脅迫され、張偐華さまにとって邪魔者である延明さまの始末に手を染めることになり、最後は口封じのために始末された。おそらくそれが顚末《てんまつ》でしょう」

ただ、と思う。

扁若《へんじゃく》のためにも、苦悩した末のことだと、そう桃花は思いたい。魔が差し、そこからはもうどうにもならずに懊悩《おうのう》したのだと。

だから背後から襲われたとき、太医令夏陀は膝《ひざ》をついていたのではなかろうか。夏陀を信用し、毒に倒れた延明を見て、おのれの過ちを悔いて慟哭《どうこく》し、崩れるように膝をついたのではなかろうか。

そう思い、願いながら、桃花はそっとまつ毛を伏せた。

どこかで、弱々しく蟬が鳴いている。

だれもなにも言わず、いまにも止まりそうな蟬の声を聴くともなしに聴いていると、遠目に宦官《かんがん》がこちらに向かってくるのが見えた。もう点青を牢にもどす時間となったのだろうか。

「じゃあな。なんかずしっと身体が重いが、大家《ターチャ》の潔斎は明けた。早ければあしたにでもじきじきの吟味があるだろうから、そのときにいまの話をするつもりだ。ひとまず、女官長さえ絞ってもらえれば、すれすれで死罪は回避できるかもしれない」

とはいえ、女官長に根性で拷問に耐えられでもしたら終わりだけどな、と点青は力なく笑う。

点青が獄吏を迎えるために立ちあがり、「ん?」と首をかしげた。

「若盧官《じゃくろ》じゃない。あれは掖廷官だな」

なにかの報《しら》せだろうか、と緊張が走る。桃花《とうか》が思い浮かべたのは、延明の容体に関する速報だ。みなもそうだろう。

しかし息を切らして駆けつけた掖廷官は、予想とはまるで異なる報告を上げた。

「自害！　昭陽殿の女官長炎晶《えんしょう》、自害にございます！」

なんだってと問い返す点青の声は、かすれていた。

「昭陽殿敷地内、高楼より身を投げたとのこと。これは多くの女官、および蒼皇子が目撃をしていたとのこと！」

自害。

女官長は拷問に耐えるより、永久に口をつぐむことを選んだ。

「――ははっ、そうかよ」

点青が天を仰ぎみてから、乾いた笑いをもらす。

「もうだめだ。おまえたち、もう会うこともないだろう。これまでよくやってくれた」

疲れ切った表情だ。みながうつむき悲嘆に暮れるなか、冰暉《ひょうき》が切りつけるように桃花を一瞥《いちべつ》する。

「間諜《かんちょう》さえ早くおさえておけば、証拠を持ち逃げされることもなかったでしょうに。あなたのせいです」

」
「梅氏《ばい》の間諜はいまごろ協力者である張傛華《ちょうようか》のもとに、手柄を手に駆けこんでいることでしょう。──ああ、いやあなたは華允《かいん》が間諜であるとは認めないのでしたか
深く恨むまなざしだ。桃花はそれを正面から受けとめた。
「いいえ。華允さんが何者かによって送りこまれた間諜であったことは、わたくしも
否定をいたしません。けれども、延明《えんめい》さまは信じるとおっしゃったのです。わたくし
は延明さまのその決断をともに歩むと申しましたが、みなさまは志が異なっていたの
でしょうか？」
「しかし！　信じて裏切られ、延明さまは冤罪《えんざい》のそしりを浴びたままに断罪されるの
ですよ⁉　それが、この事態がおわかりか！」
「まだ終わってはおりません」
凜乎《りんこ》として、桃花は背筋をのばした。
「思い出してくださいませ、官奴《かんど》桃李《とうり》は中宮《ちゅうぐう》にいるはずではありませんか」

＊＊＊

「──痛っ」

女官に爪を磨かせながら、張傛華――雅媛《がえん》は小さく悲鳴をあげてみせた。

女官は目をこぼれんばかりに見開いて、それから額を床にたたきつける勢いで平伏する。身を投げだし、震えてゆるしを乞《こ》う声が小気味よい。

頭を低くする女と、一段高い板敷の上に座をしつらえ、その後頭部を悠々と見おろす自分。これが隔絶されし身分の差だ。

赦《ゆる》そう。そうやさしくささやいてやると、目に見えて女は安堵《あんど》した。雅媛は、白く労働の一切を知らぬやわらかな手を、優雅なしぐさで脇息《きょうそく》にのせた。白魚の手に輝くのは桜貝の爪だ。女はゆるされたことに心よりの感謝を述べ、雅媛の手にうやうやしく触れる。

これは教育だ。下級の女というのは蒙昧《もうまい》で、すぐにおのれの身分を忘れてしまう。壮麗優美な装飾に囲まれ、贅《ぜい》を凝らした一級の品々に触れるうち、おのれこそが高貴な女であると見当違いな思い込みをしてしまうのだ。そうして畏《おそ》れ多くも嬌態《きょうたい》を演じ、帝を誘惑しようと画策する。なんと醜く、賤《いや》しいことか。

しかし致し方ないことだと雅媛は知っている。礼は庶人に下らず、刑は大夫《たいふ》に上らずという。庶人などに礼節を説いても無駄なことで、刑罰によって治めるしかないという教えである。まさにと思う。

雅媛はじっとおのれの手と、女の手とを見くらべた。視線に気づき、女は恥辱を浮かべて涙ぐむ。さもありなん。あまりにうつくしい雅媛の手に対して、女の手は労働で節くれだち、爪は醜く引き攣《つ》れている。褐色に硬化した肌にはひびが入り、ぼこぼことした黒い染みが浮いていた。――これは、砒霜《ひそ》の害だ。

女には、皇后の護符を呪具らしく加工し、砒霜を染みさせる作業を任せていた。

雅媛は気分がよくなり、使用済みの唾棄壺《だきつぼ》をもたせて女をさがらせた。

「――これでわたくしは国母。もっとも尊き、女の頂点」

磨かせたばかりの爪をかざしてつぶやいてみる。胸がすく思いだ。いや、そのような言葉では、この気持ちを正確に言い表すことなどできないだろう。

雅媛の入宮は十年前、十九歳のとき。多くの女が女子の成人である笄礼《けいれい》を迎えた十五で入宮するなか、やや薹《とう》の立った輿入《こしい》れだった。そのせいか待てど暮らせど帝《みかど》の姿を拝する機会に恵まれず、八年前、当時の寵妃《ちょうひ》、馮婕妤《ふうしょうよ》を間諜の手練手管にて失脚させる策を講じた。すべては寵愛を得るためのことだった。

ところが結果はどうだったろう。馮氏は捨てられ、梅氏の娘は身重という好条件が整いながらも、僥倖《ぎょうこう》を受け、懐胎したのは雅媛に仕える賤しき雑事女官がふたりだった。――あとにもさきにも、あれほど恥辱にまみれる思いをしたことはない。さきほどの女はあのとき、雅媛を陰で嘲笑《ちょうしょう》していた女だ。忘れもしない。千々に引き裂いてやりたい思いだったが、暴室《ぼうしつ》送りにはしなかった。感情にまかせた始末をすれば、なお陰で嗤《わら》われるだけだと知っていたから。

以来、雅媛は梅氏の娘を立てる役割に徹することで、帝のお渡りがない妃《きさき》であることをごまかして生きてきた。名門張《ちょう》氏自慢の美姫《びき》でありながら、帝に見向きもされず、子も生《な》せず、だれもかれもが陰で雅媛を嘲笑《あざわら》う。しかし耐えるしか道がなかった。血を吐く思いをしながら梅婕妤に阿諛追従《あゆついしょう》し、ただ辛酸をなめる日々。四年前に梅婕妤が流産をしたときには心から喝采《かっさい》したが、それでも帝の訪《おとな》いが絶えることはなく、あの女と自分とのあまりの存在価値のちがいに絶望を味わった。

だがそれも、ついに終わるのだ。

あの女は死に、雅媛はあの女の父による後援を経て、あの女が産んだ子の養母となり、国母となる。雅媛を嘲笑ったすべての女、出しぬいたすべての女が崇《あが》め、拝する、まがうかたなき頂点だ。ようやくすべてにおいて面目が立つときがきた。

こらえきれずに高々と笑う。

高揚がおさまってきたところで、待たせていた手駒を堂へ通した。面を伏せながらやってきたのは、いかにも賤しい小宦官《かんがん》だった。名は忘れた。馮氏失脚に使用した駒に付随していた、小さな駒だ。昼日中だというのに手燭《てしょく》を掲げていて、そのあまりの愚かさにはあきれる思いだが、賤しい者とは蒙昧なのだから、仕方がない。

「華允《かいん》が、張俗華《ようか》さまにごあいさつ申し上げます」

「役立たずが、ようやく仕事のひとつをなせたようね」

長らく、雅媛の雑事女官から成りあがった諸葛充依《しょかつじゅうい》を諜報《ちょうほう》させていたが、まるで役に立たない駒だった。始末する前に最後の機会であると肝に銘じさせ、掖廷《えきてい》にて孫延《そんえん》明《めい》の監視をするよう命じていたが、それがようやく役に立ったところだ。

「こちらが、くだんの護符にございます。孫延明が張傛華さまの砒霜使用の証《あか》しとしようとしていたものを、回収いたしました」

駒が手燭を置き、汚い布にくるまれた木牌《ぼくはい》を取りだしてかかげる。梅婕妤《ばい》の奶婆《うば》、曹絲葉《そうしよう》の棺《ひつぎ》に納められていた皇后の護符だ。これも計画通り梅婕妤の手に渡っていれば、皇后からの巫蠱《ふこ》の証しとしてみなのまえで燃す予定であったものだ。まさか梅婕妤が受けとらず、曹絲葉とともに葬られてしまうとは予定外であった。それを、孫延明が回収しようと動くこともだ。

もしこれが孫延明の手に渡れば、あやういところだった。絲葉はこれを雅媛《がえん》から融通してもらったと、だれかにしゃべっていたかもしれない。これひとつですべてが覆るとは思わないが、皇后冊立への障害になりかねない品であった。

だが、それもいまやのりきった。雅媛は小さくほくそ笑んだ。

死体をやたらと調べようとする孫延明は瀕死《ひんし》。よけいなことをしゃべる危険のあった太医令《たいいれい》は死んだ。

梅婕妤が毒で死ななかったことや、大家《ターチャ》の介入、蠱気《こき》が砒霜《ひそ》だと明かされるなど、想定外の流れが多かった計画であったが、梅氏によれば砒霜の件は皇后に被《かぶ》せることができるとのことであったし、しぶとい梅婕妤は太医令にとどめを刺させることに成功した。

梅が枯れて困るものなど、ここにいるだろうか——そう誘惑の声をかけるだけで済んだのだから、しょせんは些末事《さまつじ》でしかなかったのだ。

「この塵《ごみ》、こちらで始末いたしますか？」

「訊《き》くまでもないこと」

劇毒の砒霜が染みているのだ。この織手にて触れるはずがない。あの女のような醜い肌になるのは御免こうむるというもの。

「かしこまりました」

駒は応《こた》え、懐から鉄皿を取りだした。なにを、と問う間もなく、その上に護符をのせ、手燭の油と火を注ぎ落とした。勢いよく火があがり、白煙が発生する。

「な、なにを……！」

意味がわからなかった。賤民のおこないなど、理解できるはずがない。悲鳴をあげようとして、口を押さえる。これは、劇毒の砒霜がふくまれた煙だ。吸った者の末路を、雅媛は知っている。

「こちらで始末せよ、との命でしたので」

雅媛の混乱をよそに、駒はあろうことか裂いた布片や小枝をさらにくべていた。煙がもうもうと立ち上り、目や鼻腔《びこう》に燃えるような刺激が走る。堪《こら》えきれずに雅媛は叫び、堂を飛び出した。

「だれか、だれか助けて！　目が……！」

涙がぼろぼろとこぼれた。それでも痛みで目を開けることすら叶《かな》わない。

騒ぎに駆けつけた女官たちが左右から雅媛を支えてくれ、くずおれるところをだれかが抱き留めた。女官らが、医官であると教えてくれる。

「いかがなさいましたか張傛華さま」

「目、目が、口のなかが……はやく助けて！」

必死で縋《すが》りつく。さきほど見た女の手が強く思い出された。醜い手。砒霜の染みた護符を焼き払い、その煙を浴びた婢女《はしため》は見るも無残なほどに顔面が爛《ただ》れていたという。

「ああ、煙が目にしみましたか。だいじょうぶ、じきに治まります」

「ちがう、これは、ちがうのよ！　毒が！」

「ただの煙です。ご安心を」

ちがう、焼ける、爛れてしまう、雅媛の目が、口が、顔のすべてが！

「ちがう、解毒をっ……この煙は、これは砒霜なのよ！」

身をふりしぼる思いで叫んだ。

「――だそうでございます」

しん、と水を打ったように静まり返る。

「捕らえよ」

その声に、頭から冷水をかけられた気分だった。

目を必死に開ける。そんなばかな、そればかりが頭のなかを駆けめぐる。聴き覚えのある声だった。祝賀儀式のおり、宴《うたげ》のおり、一度たりとも自分に向けられたことのない声だが、つねに耳をそばだててひろっていた。覚えている。聴き間違えるはずがない。

「主上……！」

体中が震え、雅媛は身をなげうって跪《き》拝《はい》した。

なんだこれは。どういうことだ。はめられた？　罠《わな》にかかったのか。わからない。

耳にそっと吐息がふれる。帝かと思ったが、ちがった。

「――知っている？　帝に侍《はべ》るわれら太医を敵に回すと、こうなる」

主上、今上陛下。弾《はじ》かれたように雅媛は立ち上がり、叫んだ。

しかしぼやけた視界に映ったのは、すでに背を向けて去ってゆく帝のうしろ姿だけだった。

終

立ちあがり、のぞいた花窓の外では萩《はぎ》が満開となっていた。しだれた赤紫の小花が滝のように連なり、うつくしい。雁《かり》の舞う空は高く青く、風は肌に冷たかった。

――もはやすっかり秋か。

春は牛歩でやってくるが、秋は急ぎ足だ。とくに今年は夏が不調であったぶん、到来が早い。せめて、木々の葉が完全に色づく前には仕事に復帰せねば。そう考えながら、延明《えんめい》はよろよろと近くの臥牀《ねどこ》へと腰をおろした。すこし立っただけだというのに、すでに膝《ひざ》が震えている。

「……なんと情けない」

毒を受け、中宮薬長《ちゅうぐうやくちょう》らの治療によって一命こそ取り留めたものの、意識を取りもどしたのは四日後。その後も回復と昏睡《こんすい》をくり返し、さらに十日もの日数を無為に過ごした。

冶葛《やかつ》は身体にのこりやすいのだという。完全回復にはまだ日を要しそうであり、掖《えき》廷《てい》を思うと、働いているみなには心苦しい思いでいっぱいだった。養生し、はやくもどらなくては。焦りばかりが胸を焦がす。

室内を見回すと、組み木の調度や螺鈿《らでん》の几《つくえ》、やわらかな臥牀に銀糸の帳《とばり》と、豪華なしつらえとなっている。延明の自室ではなく、中宮に用意された養生のための一室である。

だが飽いた、というのが延明の正直な気持ちだ。調度は立派であるが、気晴らしに読むような典籍どころか、文字を書くための木簡《もっかん》の一枚すら置かれていない。まずは休めということなのだろうが、意識が鮮明になってしまうと退屈だった。

読み書きができないのならば、身体を動かすしかない。折よく、呼吸の困難や胸の苦しさといった症状は鳴りを潜めている。運動というほどのことはできないが、せめて散歩でもして歩行の訓練くらいはしておかなくては。

そう思って立ちあがったところで、叱責《しっせき》の声が飛んだ。

「延明さま！　なにしてるんですか！」

衝立《ついたて》の向こうから慌てたように飛びだしてきたのは華允《かいん》だ。

臥牀に押しもどされ、そのまま寝かされそうになるので抵抗する。華允にすら押し倒されそうになるおのれを不甲斐《ふがい》なく思ったが、「痛い」とうそをつくと途端に手を離したので内心で小さく笑んだ。華允はやはりまだまだ子どもだ。

「……寝ていなくてはだめです」

むすっとしているが、目が赤い。毒に倒れて以来、華允と会うのはこれがはじめてだ。ずっと心配してくれていたのだとわかる表情に、胸が温かくなる。

「ええ、わかっていますよ。しかし、もう十年分は寝ました。洗沐《やすみ》が欲しいとは思っていましたが、さすがに退屈です。出歩くのがだめならば、せめて掖廷から決裁が必要な書類だけでも運びこんでもらえませんか」

「いけません。延明さまにとって、養生がいまのお仕事です」

「見てのとおり、治りましたよ」

いつもの微笑みを浮かべたつもりだったが、華允は一瞬怒ったように目をつり上げたかと思うと、くしゃりと顔をゆがませた。泣くのを必死でこらえている表情だ。

「そんなに痩《や》せてぼろぼろなのに、どこがですか。あのときおれ、ほんとに延明さまが死んだのかと……」

言って、ぐっと奥歯を嚙《か》みしめてうつむく。そういう顔をされてしまうと、延明は弱るしかない。華允の手を引いてとなりに座らせた。

「華允、ありがとう。おまえが発見して、しかも中宮薬長を呼んでくれなかったら、私はほんとうに牢獄《ろうごく》のなかで死んでいたでしょう」

「おれあのとき、作戦が失敗したときのために、本物の護符を延明さまにあずけておこうと思って……それで若盧獄《じゃくろごく》に行ったんです。それがあんなことになっていて……」

作戦とは、華允が桃花《とうか》とともに獄をおとずれた際に、延明が渡した書きつけにて託したものだ。

すなわち、河西《かせい》の董《とう》氏の協力にて曹絲葉《そうしよう》の棺《ひつぎ》から護符を得て、張傛華《ちょうようか》の前で偽の護符を燃やしてみせるように、と。毒と誤解させるよう、芥子《からし》の粉を混ぜた刺激性の煙を上げさせることをふくめて、延明の指示によるものだった。

「そうでしたか。危険な役回りを、よくぞ果たしてくれましたね」

失敗すれば死あるのみの作戦だった。ほかにも間諜《かんちょう》がいることを警戒して、だれにも真実を告げることができないまま、たったひとりで挑まねばならない作戦でもあった。ほんとうに、よくやってくれたと心から感謝する。

頭を撫《な》でてやると、華允は恥ずかしそうに背を丸めて、「おれもう十六です」と小声で抗議した。とはいえ延明も桃花におなじことをされたので、年齢は関係ないということにする。

「――あの……延明さまは、おれが張傛華の間諜だって知ってて、それなのにどうしてあんな大事な役を任せてくれたんですか？」

「それはすこしだけちがいます。私はてっきり、梅《ばい》氏の手の者かと思っていました」

華允が間諜であることは、どうにも疑いようがないことだった。

間諜であるなら、間諜として成り立つだけの教育をほどこした人物がいるはずで、それはやはり字を教えていた燕年《えんねん》という師父であると見るのが妥当であった。

燕年は、馮玉綸《ふうぎょくりん》を不貞によって失脚させた宦官《かんがん》である。馮玉綸の失脚によって台頭したのが梅婕妤《しょうよ》であったことから、燕年と華允は梅氏の手の者だと予測したのである。

華允はすこしおどろいたように瞬いて、

「じゃあ、どうしておれが張傛華に会いに行けると思ったんですか？　というか、あの時点で黒幕がだれかもわかっていたってことですよね」

「むずかしい推理をしたわけではありません。桃花さんが梅夫人による工作の可能性を指摘していたので、それならば、かならず妃嬪《ひひん》のなかに梅氏の共謀者がいると考えただけです。いくら娘娘《ニャンニャン》と太子殿下を廃しても、その後に皇后の座につくものが反梅氏派の人物では意味がありませんからね。順当に考えて、それならば張傛華がもっとも疑わしいと思ったのです」

点青《てんせい》とも牢獄のなかで話し合い、一度は黒幕を張傛華ひとりにまで絞っていた。

ただ、そのときには張傛華が梅婕妤を毒殺する方法がわからず、また、梅婕妤を殺害する動機も不明であったことから、確定に至らなかったのだ。

それが梅氏との共謀の可能性が浮上すれば、すべて解決する。

だが、あの時点では張傛華を引き摺《ず》り下ろすだけの材料が皆無だった。

心あたりがあると言えば、昭陽殿《しょうようでん》の女官が曹絲葉の棺に入れたという護符で、絲葉が護符の入手後に急激に目を病んだことを思えば、砒霜《ひそ》が付着していた可能性が高いとは思った。護符に触れた手で目をこすれば、微量であっても目に害があったことだろう、と。しかし、護符と張傛華を結びつけるのはむずかしく、どうしても手札としては弱かった。

そこで思いついたのが、目の前で護符を燃やす策だったのだ。

「梅氏が送りこんだ間諜であれば、共謀相手である張傛華への面会をとりつけるのは不可能ではないだろうと踏んで、あの策と護符を託したのです。まああれは策というよりは博打《ばくち》といったほうが正確なのかもしれませんが」

「おれを信じたのも、博打ですか？」

「断言しますが、そこはちがいますよ」

延明《えんめい》は、華允《かいん》の仕事への真摯《しんし》な態度、懸命に取り組む意欲を信じることにしたのだ。華允は間諜ではなく、ひとりの掖廷《えきてい》人員として生きようとしているのだと。

それにただ信じたいという願望だけでなく、延明なりに裏付けを有していたつもりだ。華允が本気で延明を裏切っていたのなら、官奴《かんど》桃李《とうり》の捜索は掖廷ではなく、中宮《ちゆうぐう》にておこなわれているはずだった。延明は華允に、桃李は中宮の官奴だと紹介していたのだから。

それでも不安に揺れてしまったのは、まこと心の弱さである。華允には申しわけなく思う。

「ほんとうによくやってくれました。ありがとう」

ねぎらうと、華允はうっすらと目に涙を浮かべた。それを隠すように、「そうだ」と言って立ち上がる。それから衝立の陰にまわると、盆にのせられた椀《わん》を運んできた。

「点青さまから、『いつかの粥《かゆ》を返す』とあずかってきました」

椀に入っていたのは、とろとろの粥だった。だがあきらかに滋養強壮のために盛られた生薬が浮いている。

「香りからして、もはやこれは粥の域ではないのですが。いやがらせですか」

「痩せたぶん、とにかく精のつくものを食べさせて回復を図るように、だそうです」

「朝からなにかと食べさせられていますよ。そろそろ胃を休めねばなりません」

これはうそではない。けっして不味《まず》そうだから食べたくないばかりではない。

「だめです。食べてください。じゃないとおれ、掖廷にもどりません」

「わかりました。あとで食べますから」

「あとで食べると言ったら食べないから気をつけろ、と点青さまが言ってました」

華允が粥を匙《きじ》ですくって「さあ、さあ」と迫ってくる。延明は点青のやつ、と心の中で悪態をついた。

そのとき、

「なんだ、まだ自力では食事ができぬ程か、利伯《りはく》」

響いた第三者の声に、延明は反射的に臥牀《ねどこ》を滑り落ちるようにして膝《ひざ》をついた。

延明を利伯と呼ぶ人物はひとりしか存在しない。華允も瞬時に空気のように気配を殺し、粥をのこして退室する。

案の定、ゆったりとした足どりにてあらわれたのは、延明の主《あるじ》にしてこの大光《だいこう》帝国の皇太子であった。

「このような姿での拝謁、ご無礼をおゆるしください」

「無礼もなにもこちらから訪ねたのだ。楽にせよ」

厚情に御礼を述べ、几《つくえ》を挟んで下座に座す。さすがに臥牀に腰を掛けて応対するほどの無礼は働けない。

「前回訪ねた際はまだ意識がもうろうとしていたが、大分よくなったようだ。安心した」

「ありがたきお言葉。しかし中宮までおいでになるとは、本日はなにか特別な御用がございましたか、我が君」

「特別だとも。我が友の見舞いであり、恩人の見舞いでもある」

「恩人だなど……私はただ捕らえられていた身に過ぎません。情けないことです」

謙遜《けんそん》でもなんでもなく、まことにそうである。懸命に情報を集め、動いてくれたのは公孫《こうそん》や桃花《とうか》たちであり、延明はなにひとつ動いていないのだ。

「なにをいう。証拠の品を見つけ、陛下の前にて罪人を自白させたのはおまえの策だと大長秋丞《だいちょうしゅうじょう》からきいている」

「あれは、さきほどここにおりました華允という小宦官《かんがん》の手柄かと」

それに、張傛華《ちょうようか》の暴露が直接帝《みかど》の耳に届くよう、侍医《じい》である太医《たいい》を策に参加させるよう指示を出したが、まさか帝がじきじきにお出ましになるなど予想だにしていなかったことだ。あれは華允が協力を要請した太医——扁若《へんじゃく》が手配をしたようだときいている。

「小宦官か。間諜《かんちょう》を手懐け、寝返らせたそうだな」

「それは誤解です。華允はすでに間諜としての役目を放棄しておりました。——ところで我が君、外朝のほうはどうなっておりましょうか」

意識がもどった際に、すべて解決したのだとはきいた。延明らへの疑いは一点の曇りなく晴れ、皇后は中宮に帰還し、点青も解放された。また、張傛華が獄入りしたところまでは把握済みだ。しかし、その後の詳細は知らされていない。

「安心せよ、張傛華はすべて自供した。梅氏《ばい》のたくらみは露見し、梅氏は腰斬《ようざん》、夫人や長男らは梟首《さらしくび》、子女らは官奴婢《かんぬひ》として接収となった。三公の位は一席空いたが、これはまだ埋まっていない。しばらくは関係した者らの粛清がつづくだろう。陛下はこれを機に朝廷の一新を図るおつもりのようだ」

一新といえば聞こえはよいが、梅氏という巨大な柱を失った朝廷は、大々的な再構築が必要なのだろう。皇帝権力というのは絶対的なものではなく、政治には朝廷権力者の協力が必要不可欠なのだ。いずれ梅氏の後釜《あとがま》となりうる人物が三公のひとりに選ばれ、その娘が後宮にて高位につくことだろう。

「後宮が落ちつくのはまださきのことになりそうで、なんとも頭の痛いことです」

「女という生き物がいるかぎり、後宮が真の意味で落ちつくことなど永劫《えいごう》にあるまい」

言ってから、太子は「女といえば」と切り出した。

「砒霜《ひそ》は梅夫人が娘の殺害のために頭髪に隠して数回にわたって持ち込み、冶葛《やかつ》は張俗華があの司馬雨春《しばうしゅん》からもらったものを提供したと供述しているな。司馬雨春とは不貞の関係であったという。ちなみに梅婕妤《しょうよ》殺害にわざわざ冶葛を提供したのは、砒霜よりも致死性が高いと踏んだからだそうだ。女とは、まことにおそろしい」

この感想には、どうだろうかと延明《えんめい》は内心で疑義を呈する。おそろしいのはなにも女ばかりではあるまい。後宮と朝廷、中と外、やっていることは大してちがいがないのではあるまいか。

そんなことを思いながら、現在一番の懸念事項を問うてみる。

「――して、蒼《そう》皇子は？」

母一族は罪人となってしまったが、尊き御子である。いずこかの僻地《へきち》に冊封されたか、あるいは後宮の隅にて冷遇となったか、はたまた……。

延明は気を揉《も》んでいたが、太子はこれに悠然と笑んだ。

「我が弟に」

「さようでございますか……」

つまり、皇后許《きょ》氏の養子となったということだ。処遇の寛大さにほっと胸をなでおろす。

母を突如失ったかと思えば、こんどは母の敵であった皇后の息子となったのだ。その心境がいかばかりであるか察するにあまりある。延明としてはただ、おかしな怨《うら》みかたをせず、まっすぐすこやかに育つことを願うばかりである。

それから太子は朝廷の動向、あらたな勢力図の予想などを延明と語りあったあと、目を剝《む》くばかりの褒美の品を運びこませようとして、延明を驚愕《きょうがく》させた。

牢《ろう》のなかにいて、助けられるばかりであった延明にはどう考えても過ぎた品々だ。

「尽力してくれた者たちに分配する分は受けとりますが、それ以上はどうかおゆるしください」

「わかっているだろうか、利伯。おまえの得た証拠の品がなければ、いまごろ余は不当な自裁を迫られていた」

「いいえ、あれは証拠のひとつに過ぎません。内廷の仲間たちが、私や我が君を救ったのです。河西《かせい》の名士、董《とう》氏にも感謝をお伝えしなければ」

「あれは馮充依《ふうじゅうい》の件の礼だ。礼に礼で返すと礼合戦が末代までつづくぞ」

「董氏とお引きあわせくださった我が君にも、心よりの御礼を申しあげます」

深々と揖礼《ゆうれい》をささげると、太子は参ったとつぶやいた。

「おまえは強情であるから、こちらが引くよりないのか。しかし友にすこしばかりの礼くらいさせてもらえぬか。母上は此度《こたび》活躍したという女官に褒美をやったということであるゆえ、余からはおまえに」

「お、お待ちください、活躍した女官とは!?」

被せるように、延明は尋ねた。女官。ひとりしか思いつかない。

血相を変えた延明のようすに面食らいながら、太子は詳細までは知らないと答えた。

「おまえが仕込んだ間諜であるときいている。秘蔵であるゆえ余にも明かすこと叶《かな》わぬと。ただ母上は大長秋丞の手配にて、帳《とばり》ごしに呼び寄せ、好きな褒美をねだらせたそうだ」

——点青《てんせい》！

怒髪天を衝《つ》くとはこのことだ。なにを勝手なことをしているのか。

褒美をねだらせた？　桃花《とうか》が欲するものなど、知っている。

——後宮からの解放と、検屍官《けんし》の夫ではないか……。

「どうした利伯《りはく》、顔色が……利伯？　だ、だれか薬長《やくちょう》を呼べ！」

太子の狼狽《ろうばい》した声がきこえる。しかし心の臓が苦しくなって、延明はそのまま床に伏した。まだこうして日になんども冶葛の毒性がよみがえるのだ。

「利伯、利伯！」

「我が君」

延明はもうろうとしてくる意識のなか、太子に褒美をひとつだけ希《こいねが》った。

＊＊＊

その夜、花園の亭子《あずまや》には灯ろうがひとつ、ぽつんと灯《とも》されていた。

冷たい夜風が運ぶのは、酒のあまい香り。しつらえられたのは床几《しょうぎ》が一枚に、膳《ぜん》がふたつ。床几はふたり掛けにて、すでにひとりが座し、夜空の月を見あげていた。その横顔を灯ろうが柔らかく照らし、華奢《きゃしゃ》な白い首を強調する。

延明は、吸い寄せられるようにその姿を見つめながら、ゆっくりと慎重に歩いた。

延明が一歩を踏み出すたび、杖《つえ》の音が夜の花園に響く。あまりにも滑稽《こっけい》で情けなかったが、これがなければまだ足もとがおぼつかない。

音に気がついたのか、月を見あげていた桃花が視線をおろし、延明《えんめい》をふり向いた。

すっと立ち上がってこちらへきたかと思うと、延明がまごついているうちに手を添えて、体をささえてくれる。

「……ありがとう」

「いいえ。それより、回復されたとうかがっていたのですけれども、まだお加減がよろしくないご様子。月見の約束など、捨ておいてくださってようございましたのに」

「いいえ、これは寝てばかりいたので足が萎《な》えてしまっただけです。お気になさらず」

「気にいたします。延明さまが死んでしまうかと、みな心配をいたしました」

「桃花さんも？」

「当然ですわ。以前言ったこと、あれは撤回させてくださいませ。わたくし、延明さまの検屍はとてもできそうにありません」

「なぜ？」

意外に思って問うと、桃花はすこし思案するような顔を見せたあと、「才里《さいり》の検屍も、きっとできません」と答えた。

よろこんでいいのかどうか、微妙なところだ。要するに友だからと言いたいのだろう。

——友、か。

延明は、この胸に芽ばえている感情になんと名をつけたらよいのか、往生際悪く迷っているおのれを自覚していた。

なにせ、延明は宦官《かんがん》である。性を切り取られ、男どころかもはや人ではなくなった。

桃花は延明をひとりの人としてあつかってくれるが、ではは人にもどったかといえば、それは思い違いにすぎないのだ。桃花とこうしてならんで歩き、離れがたく思ってしまうのは、しょせん切り取られて欠けた心をなにかで補いたいという、浅ましい感情に過ぎないのかもしれない。

「延明さま？」

「いえ、なんでもありません。もうだいじょうぶです」

亭子《あずまや》に到着し、床几にならんで腰をおろす。

秋の夜、花はなにも見えないが、虫の演奏がそこかしこから響いていた。

かつて杯を交わした夜光杯《やこうはい》をふたつ取りだし、酒を満たす。

「覚えていますか？　ここはあなたとかつて花見をした場所です」

「そうでしたでしょうか」

「……あなたは時に鋭い観察眼を発揮するというのに、なぜこういったことはまったくもって覚えていないのか……」

ふたりの会話やできごとをしっかり記憶しているのは、いつも延明ばかりだ。そのことがなぜか悔しい。

　きょうの月見もきっと、桃花《とうか》はすぐに忘れてしまうのだろう。そう思うと切なくて、延明は胸につかえるなにかをのみほすように、酒をあおった。

「あまり飲んではお体に障るのでは？　おもどりもつらくなりますわ」

　桃花は膳の魚に手をつけていた。もりもり食べているあたり、ふたりきりの情緒を桃花に求めても無駄なのだと、いまさらながらに痛感する。桃花は延明を男としてあつかうが、異性としてはあつかわないのだ。

「……かまいません、杖があります。杖すら役に立たなくなるなら、ここで寝てから帰ります」

「延明さま、すこし変ですわ。いつもとなにかご様子が」

「むしろ、あなたはなぜそのようにふだん通りなのです。……ですから、魚の目玉をしゃぶるのはやめてくださいと」

　たいへんおうひゅうございまふと、桃花はとてもしあわせそうに笑んで答えた。これでいいのか、と疑問符が胸にあふれる。しかし、しあわせそうならこれでいいかという思いも湧いて、延明は嘆息した。

「どうかなさいました？」

「いえ、これが最後かと思うと、なんともいえぬ思いがありまして」

「最後？」

桃花はきょとんと目を丸くする。

「なぜ、最後なのでしょう？」

訊《き》き返されて、延明も目を丸くした。

「それはそうでしょう。桃花さんは後宮をでるのでしょう？ 娘娘《ニャンニャン》が褒美を尋《たず》ね、それを叶《かな》えたと」

「叶っておりますけれど、いまこのときに」

「いまこのときに？」

鸚鵡《おうむ》返しに言ったが、理解できない。延明が考えているあいだ、桃花はさらに食を進める。

膾《なます》を平らげたところで、ふと月を見あげた。

「けれども、わたくし、すこし日取りに失敗をいたしました。まさか今日がこのような繊月とは考えもいたしませんでした」

それは延明も思っていたところだった。太子に今夜の月見の手配を所望したが、まさかこれほど月見にむかない月齢であったとは――

「……ん？」

「延明さまの体調もまだ回復したとは言い難いようでしたし、それなのに月見を所望してしまって、申しわけありません」

「………」

目を剝《む》いた。まってください、と額をおさえて考える。

「……桃花さんは、後宮を出るのが夢であったと記憶しているのですが。そうして検屍官と夫婦《めおと》になる、と」

はて、とでも言うように、桃花は首をかたむけた。

「わたくしを検屍官にしてくださるのは、延明《えんめい》さまではないのでしょうか？」

「後宮を出るというのは？」

「出たら、わたくしはただの女です」

桃花は延明と自分の杯に酒を酌み、細い細い繊月に掲げる。

「けれども延明さまのおそばにいる限り、わたくしは検屍官です。後宮の検屍女官、そう延明さまがおっしゃってくださったのですわ」

「そうです……ええ、そうですね」

「わたくしの祖父の無冤術《むえんじゅつ》を、この国で役立ててくださるともお約束をいたしました」

「たしかに、しました」

「これからも、おそばにおいてくださるのですよね？」

「………」

「延明さま？」

「ええ、もちろんです」

おそらく、延明が一瞬感じたのとはちがう意味だけれど。

――けれども、それでもよい。

延明も桃花とおなじように、織月に夜光杯を掲げ、それを飲み干した。口もとに浮かぶのは笑みだ。

桃花は外に出ることより、延明のそばにいることを選んだ。その事実だけで、腐刑《ふけい》をうけて以来、長らく欠けていた心のなにかが満ちたりたような、そんな温かな感覚があった。

「月見にはやや不向きですが、これはこれでよい月ですね」

「ええ。織細でうつくしいかと」

「私のようでしょう？」

「延明さまがおかしなことをおっしゃるから、雲で隠れてしまいましたわ」

「私のせいではありません」

言いながら、月がふたたび顔を出すのをじっと見あげて待つ。

ふととなりを見れば、桃花もおなじようにして夜空を見あげていた。ただそれだけのことが、なぜかうれしい。

「——あ、出ましたわ」

織月は月のなかでもっともうつくしい——そう思える夜だった。

【主な参考文献】

『中国人の死体観察学　「洗冤集録」の世界』宋 慈・西丸與一（監修）・徳田 隆（訳）／雄山閣出版
『法医学事件簿　死体はすべて知っている』上野正彦／中公新書ラクレ
『宦官　側近政治の構造』三田村泰助／中公新書
『宦官　中国四千年を操った異形の集団』顧蓉・葛 金芳・尾鷲卓彦（訳）／徳間書店
『検死ハンドブック』高津光洋／南山堂
『新訂　死体の視かた』渡辺博司・齋藤一之／東京法令出版
『基本としくみがよくわかる東洋医学の教科書』平馬直樹（監修）・浅川 要（監修）・辰巳 洋（監修）／ナツメ社

本書は書き下ろしです。
この物語はフィクションであり、実在の地名・
人物・団体等とは一切関係ありません。

後宮《こうきゅう》の検屍《けんし》女官《にょかん》4

小野《おの》はるか

令和4年 11月25日　初版発行
令和6年 10月30日　6版発行

発行者●山下直久

発行●株式会社KADOKAWA
〒102-8177　東京都千代田区富士見2-13-3
電話　0570-002-301（ナビダイヤル）

角川文庫 23423

印刷所●株式会社KADOKAWA
製本所●株式会社KADOKAWA

表紙画●和田三造

ISBN 978-4-04-113022-3　C0193

◆◆◆

角川文庫発刊に際して

角川源義

第二次世界大戦の敗北は、軍事力の敗北であった以上に、私たちの若い文化力の敗退であった。私たちの文化が戦争に対して如何に無力であり、単なるあだ花に過ぎなかったかを、私たちは身を以て体験し痛感した。西洋近代文化の摂取にとって、明治以後八十年の歳月は決して短かすぎたとは言えない。にもかかわらず、近代文化の伝統を確立し、自由な批判と柔軟な良識に富む文化層として自らを形成することに私たちは失敗して来た。そしてこれは、各層への文化の普及滲透を任務とする出版人の責任でもあった。

一九四五年以来、私たちは再び振出しに戻り、第一歩から踏み出すことを余儀なくされた。これは大きな不幸ではあるが、反面、これまでの混沌・未熟・歪曲の中にあった我が国の文化に秩序と確たる基礎を齎らすためには絶好の機会でもある。角川書店は、このような祖国の文化的危機にあたり、微力をも顧みず再建の礎石たるべき抱負と決意とをもって出発したが、ここに創立以来の念願を果すべく角川文庫を発刊する。これまで刊行されたあらゆる全集叢書文庫類の長所と短所とを検討し、古今東西の不朽の典籍を、良心的編集のもとに、廉価に、そして書架にふさわしい美本として、多くのひとびとに提供しようとする。しかし私たちは徒らに百科全書的な知識のジレッタントを作ることを目的とせず、あくまで祖国の文化に秩序と再建への道を示し、この文庫を角川書店の栄ある事業として、今後永久に継続発展せしめ、学芸と教養との殿堂として大成せんことを期したい。多くの読書子の愛情ある忠言と支持とによって、この希望と抱負とを完遂せしめられんことを願う。

一九四九年五月三日

後宮の検屍女官
小野はるか
角川文庫

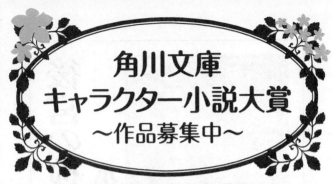